Diogenes Taschenbuch 22751

Robert Bloch

Feuerengel

Roman

Aus dem Amerikanischen von Gretl Friedmann

Diogenes

Titel der 1961 bei Regency, Evanston, Illinois,
erschienenen Originalausgabe: ›Firebug‹

Die Übersetzung von Gretl Friedmann
erscheint mit freundlicher Genehmigung
des Scherz Verlages, Bern
Umschlagzeichnung von Tomi Ungerer

Veröffentlicht als Diogenes Taschenbuch, 1994
Diogenes Verlag AG Zürich
80/94/36/1
ISBN 3 257 22751 5

Ich heiße Philip Dempster; ich schlafe.

Der Traum ist rot. Er ist immer rot. Manchmal ist er rotgold wie das erste Aufflackern eines Streichholzes. Dann wieder ist er an den Rändern blau und orange, wie verglühende Flammen; aber er ist immer noch rot. Dieses Rot ist nicht immer nur eine Farbe, manchmal ist es auch ein Gefühl. Man muß sehr viel wissen, um zu entscheiden, was rot ist und was nicht.

Meine Träume sind rot; sie sind immer rot.

Ich heiße Philip Dempster; ich träume.

Im Traum fahre ich mit meinem Auto durch eine lange, dunkle Straße. Weiter vorn sehe ich ein Licht. Es ist das einzige Licht auf der Welt, denn mein Wagen hat keine Scheinwerfer. Er ist blind; ich bin froh, daß ich Augen habe, sonst wäre ich auch blind. Ich muß immer nach vorn in dieses Licht starren.

Ich fahre; mein Rücken tut weh. Das kommt daher, daß ich mich schon so lange über das Lenkrad beuge und so angestrengt auf die schwache Lichtspur am Ende der dunklen Straße starre. Meine Augen brennen auch; aber das ist etwas anderes. Sie fühlen sich an, als wollten sie sich in Wasser verwandeln; als hätte ich sie schon lange nicht mehr geschlossen; als hätte ich sie absichtlich offengelassen, damit sie brennen.

Aber ich weiß, das stimmt nicht. Ich will nicht, daß irgend etwas an mir verbrennt.

Ich muß mich irren.

Aber mein Traum ist Realität. Also fahre ich weiter.

Das Licht wächst. Es wird schnell größer. Ich trete auf die Bremse, und der Wagen wird langsamer; aber ich habe mich geirrt. Ich bin dem Licht kein bißchen näher gekommen. Das ist merkwürdig. Einen Augenblick dachte ich, das Licht sei eine Flamme; und beinahe hätte ich gesagt: *Ich bin der Flamme kein bißchen näher gekommen.* Aber es ist bloß ein Licht, darauf können Sie sich verlassen. Es ist keine Flamme. Bloß ein Licht. Sie glauben mir doch, oder?

Ich gebe Gas, und der Wagen schießt nach vorne; es ist nicht so weit bis zu dem Licht, wie ich angenommen habe. Es liegt gleich da vorne. Ja, ich kann sogar schon sehen, daß das Licht in Wirklichkeit ein Haus ist. Ein helles, glühendes Haus; ein breiter, glühender Plastikwürfel im Nirgendwo. Ich begreife nicht, warum er dort liegt; aber da die lange dunkle Straße hinter mir nirgends hinführt und weiter vorne, hinter dem Haus aus Licht, nichts ist, weiß ich, daß ich anhalten und nach dem Weg fragen muß.

Ich heiße Philip Dempster; ich glaube, ich hab mich verirrt.

Ich fahre an den Straßenrand und steige aus. Ich schließe den Wagen ab. Nur die eine Tür. Die Tür an der anderen Seite ist offen; das beunruhigt mich, aber trotzdem gehe ich von dem Wagen weg. Ich wollte, ich hätte die andere Tür auch abgeschlossen. Sie ist nämlich offen, diese Tür. Und ich weiß, jemand könnte – *was?* Was könnte jemand tun? Heute abend ist kein Mensch auf der Straße; ich brauche mir keine Sorgen zu machen. Ich gehe immer weiter weg von meinem Wagen, und ich bin beunruhigt; aber jetzt kann ich nicht mehr zurück. Ich muß zu dem Haus gehen und erfahren, wo ich bin.

Ich glaube, das ist sehr wichtig.

Das Haus liegt auf einem niedrigen Hügel; einer sanften Kuppe. Ich gehe darauf zu; und obwohl das Haus während der Fahrt nah und fern gewesen ist, kommt es jetzt, da ich zu Fuß gehe, schnell näher. Es scheint mich beinahe zu verschlucken. Das ist ein sehr dummer Gedanke; aber auch ein sehr unheimlicher. Ich bleibe stehen, weil ich mich nicht von diesem Haus verschlucken lassen will.

Ich bleibe stehen; aber meine Füße nicht. Sie tragen mich zu dem Haus, und das öffnet seinen Rachen, und ich sehe Reihen und Reihen von Lichtern. Sie sehen aus wie Zähne. Sie sind sehr scharf; und sie warten, warten. Sie warten nur darauf, mich zu schlucken, und ich befehle meinen Füßen: *Stehenbleiben, um Himmels willen, so hört doch endlich gefälligst auf, mit mir zu diesem Rachen zu gehen.* Aber sie tragen mich direkt den Hügel hoch, und jetzt bin ich auf einem hellen, funkelnden Weg, der geradewegs in den Schlund des Hauses führt, und ich könnte nicht sagen, ob ich groß oder klein bin oder was hier überhaupt passiert. Ich schreie bloß; aber das wirkt nicht. Der Schrei bricht lautlos aus meinem Mund. Er ist nicht mal ein Seufzen. Bei vollem Bewußtsein marschiere ich in den Rachen des hellen, glühenden Hauses, und jetzt bin ich… drinnen. Ich bin tief drinnen in dem Haus, und die Wände sind warm und feucht wie etwas Lebendiges. Ist es möglich, daß dieses Haus lebt? Kann es ein pulsierendes, atmendes Ding sein, das lebendiges Fleisch braucht, um weiter zu atmen? Hoffentlich nicht.

Ich gehe jetzt sehr schnell, und hinter einer Ecke dieser weißen, feuchten, pulsierenden, atmenden Wände höre ich jemanden lallen. Vielleicht sind es Worte; aber es ist ein nasses, rutschiges Geräusch, als ob jemand Blut im Munde hätte. Ich versuche zu hören, was gesagt wird, aber die

Worte bleiben mir unverständlich. Sie klingen, als kämen sie aus dem Wasser; aus großer Tiefe. Sie sind zu weit entfernt. Ich kann sie nicht verstehen.

Dann biege ich um die Ecke und sehe die Zelle. Es ist eine sehr große Zelle, und das Gitter glüht durchsichtig, als wäre es von innen beleuchtet. Es erstreckt sich von der weißen, glühenden Decke bis in den weißen, glühenden Boden. Und in der Zelle ist etwas; ich kann es zuerst gar nicht erkennen. Ich sehe es mir genau an; denn ich will wissen, was es ist.

Plötzlich sehe ich es ganz deutlich. Es kommt hinter dem Gitter hervor, und ich sehe es. Es ist eine Frau. Aber keine richtige Frau. Die Kehle wird mir trocken, und ich versuche, mir die Faust mit aller Kraft in den Mund zu schieben, weil ich weiß, daß ich sonst genauso lallen werde wie sie. Die Frau ist tot.

Sie ist tot. Ihre Glieder sind verkohlt; schwarze Äste eines abgestorbenen Baumes. Aber sie bewegen sich. Sie bewegt sich. *Es* bewegt sich.

Es kommt jetzt zum Gitter. Es schlurft ganz langsam. Vor meinen Augen zerfällt es wie verbranntes Papier. Ich habe das Gefühl, daß mir die Augen aus den Höhlen treten; ich will zurückweichen, aber ich stehe wie angewurzelt und halte den Korb in meinen Händen.

Den Korb? Ich habe doch einen Korb, oder nicht? Er ist voll.

Der Korb ist sehr groß und verbreitet einen Gestank wie hundert Verbrennungsöfen, wie tausend Heizkessel, in denen man Menschen verbrannt hat, wie eine Million Schmiergruben, in denen faulendes Fleisch liegt. Ich halte den Korb in meinen Händen; als das Wesen, das einmal eine Frau gewesen ist, gurgelt und mir schwachsinnig entgegenschwankt, ziehe ich etwas aus dem Korb und schleudere es ihr zu.

Sie läßt sich auf die Knie fallen und zerfetzt es mit ihren Zähnen. Sie sieht auf, und ich sehe, daß ihre Augen schwarze, leere Höhlen sind. Die Lippen sind in einer Grimasse von Schmerz und Wollust zurückgezogen; und was zwischen ihren Zähnen hängt, sieht aus wie Spaghetti. Aber es sind keine Spaghetti. Es sind Fleischfetzen.

Jetzt winkt sie mich näher heran. Dagegen bin ich machtlos. Ich fühle, wie ich zu ihr hingezogen werde, zu diesem Gesicht, das man kaum noch ein Gesicht nennen kann, denn dort, wo die Nase gewesen sein muß, gähnt ein bebendes Loch, und die Lippen sind aufgesprungen und ausdruckslos. Die Augenhöhlen sind entsetzlich dunkel und gierig. Sie winkt mir mit einem Finger, dessen letztes Glied weggebrannt ist. Sie krümmt den Stumpf. Und ich gehe zu ihr hin.

Ich will ihr nicht in die Nähe kommen ... sie streckt mir die verstümmelten, entstellten Arme entgegen... Sie... sie... sie spitzt die Lippen...

Sie will mich küssen!

Ich schreie auf; bei der Vorstellung, diese Tote zu küssen, schnürt es mir die Kehle zu. Aber ihre Arme greifen durch das Gitter, umfangen mich, ziehen mich zu ihr, heben mein Gesicht, und ich sehe mich in die geschwärzten Abgründe ihrer Augen und des Mundes starren.

Das halte ich nicht aus... ich werde verrückt... helft mir... so helft mir doch, bitte... rettet mich vor diesem Ungeheuer, diesem toten Wesen... diesem Wesen, das pausenlos murmelt: *Hilf mir... hilf mir... hilf mir...*

Die Lippen wolben sich vor, und ich werde ganz von Unheil und Verderbnis und Tod und von ihrer hitzigen

Gier verschlungen. Und vom Feuer. Die Wahnsinnige. Hilfe. Das Feuer. Ich brenne. Brenne. Brenne.

Ich heiße Philip Dempster; ich habe grauenhafte Träume.

1

Wenn etwas explodieren soll, muß zuerst jemand die Lunte anzünden.

Ich saß an jenem Abend bei Tracy, als Ed Cronin ins Lokal kam. Er hat die Lunte für mich angezündet.

Der große, breite Mann setzte sich neben mir auf den Hocker; aber ich bemerkte ihn erst, als er mich anstieß.

»Hallo, Phil«, sagte er. »Wie geht's denn so?«

»Bergab«, sagte ich und hob mein Glas.

»Ich meine das Buch.«

»Welches?«

»Den Roman über die Sekten.«

»Ach, der? Na ja, so la la. Ich schreibe jetzt ein anderes.«

»Das freut mich«, sagte Cronin.

»Mich nicht.« Ich winkte dem Barmann. »Ich kriege den Aufbau einfach nicht hin.« Der Barmann sah mich an, und ich sah Cronin an. »Was nehmen Sie?«

Er bestellte ein Bier. Und ich das Übliche.

»So ist das also«, nickte Cronin; es klang wie ein Selbstgespräch. »Manche von den Jungs behaupten, daß Sie sich seit kurzem hier herumtreiben.«

»Großartig!« Ich hob mein Glas. »Sie haben einen Haufen heller Reporter beisammen, Cronin. Immer auf Jagd nach einer Story. Wie soll denn der Titel heißen? VIELVERSPRECHENDER JUNGER SCHRIFTSTELLER TRINKT SICH ZU TODE?«

Cronin runzelte die Stirn; aber dann lächelte er. »Warum nicht? Stimmt doch, oder?«

»Ich trinke, weil es mir schmeckt«, sagte ich; und das

war gelogen. »Ich komme mit dem neuen Buch eben nicht weiter, das ist alles«, sagte ich; und das stimmte. »Aber wenn ich will, kann ich jederzeit mit dem Trinken aufhören.« Ich wußte nicht, ob das richtig oder falsch war; und das beunruhigte mich.

»Täte mir leid um Sie«, sagte Cronin achselzuckend. »Sie sind ein aufgeweckter Junge, Phil.«

»Und Ihrer Meinung nach trinken aufgeweckte Jungs nicht«, antwortete ich. »Da irren Sie sich aber mächtig; das ist eine Klischeevorstellung. In Ihrer Vorstellung falle ich unter die Kategorie ›aufgeweckter Junge‹. Deswegen muß ich mich nun so und so benehmen. Aber ist Ihnen noch nie aufgefallen, daß die Menschen nicht unbedingt konsequent sein müssen? Ab und zu fallen sie auch mal aus der Rolle. Hier und da bin ich ein aufgeweckter Junge. Dann wieder bin ich ein Trinker. Manchmal könnte ich die Welt aus den Angeln heben; ein andermal jagt mir mein eigener Schatten Angst ein.«

Cronin schüttelte den Kopf. »Das ist nicht Ihr Schatten«, sagte er. »Ich habe Sie beobachtet. Also los, Phil, erzählen Sie es mir. Wovor haben Sie Angst?«

Ich grinste den Barmann an. »Sagen Sie, Mac, macht es Ihnen was aus, wenn ich auf die Theke klettere und mich da langlege? Mein Freund möchte Psychiater spielen.«

»Lassen Sie den Unsinn, Phil. Entschuldigen Sie.«

»Schon gut. Aber man muß sich doch ärgern, wenn jemand solche Fragen stellt, obwohl man nichts weiter will, als in Ruhe ein Glas trinken –«

»Sie haben nicht in Ruhe getrunken«, entgegnete Cronin. »Und wenn Sie mich fragen, sollten Sie überhaupt nicht mehr trinken.«

»Reden wir von was anderem, einverstanden?«

»Na schön. Ich wollte Ihnen nicht nachspionieren. Deshalb habe ich Sie nicht gesucht. Was halten Sie von einem Auftrag, Phil?«

»Ich arbeite an einem Buch.«

»Aber Sie haben eben gesagt, daß Sie sich festgefahren haben. Außerdem würde der Auftrag Sie nicht an Ihrer Arbeit hindern. Sie hätten täglich nur ein paar Stunden zu tun. Vielleicht können Sie durch eine kleine Abwechslung auch aus Ihrer Flaute herauskommen.«

»Worum geht's?«

»Er schlägt genau in Ihre Kerbe. Der Chef möchte die Sonntagsbeilage aufmöbeln; er läßt auch etwas springen dafür. Deshalb habe ich ihm eine neue Wochenserie mit fünf bis sechs Fortsetzungen eingeredet. Über das Sektenunwesen in unserer Stadt.«

»Aha, und dabei bin ich Ihnen wohl eingefallen, wie?«

»Wer sonst? Sie sind von hier, und Sie haben ein Buch über dieses Thema geschrieben; also sind Sie eine Autorität auf dem Gebiet.«

»Immer mit der Ruhe«, sagte ich. »Wenn Sie damit irgend etwas aufdecken wollen, dann nehmen Sie lieber jemanden aus Ihrem Büro. Jeder Redakteur kann Ihnen die schönsten Sensationsgeschichten liefern. Ich finde nicht, daß sämtliche Sekten Schwindel sind. Gegen manche ist nichts einzuwenden. Das habe ich festgestellt, als ich an der Ostküste Material für mein Buch gesammelt habe.«

Cronin nickte. »Das weiß ich. Ich erwarte auch nicht von Ihnen, daß Sie Ihr Material verheizen. Aber wir haben durch die Redaktion ein paar Ermittlungen anstellen lassen. In unserer Stadt bestehen fünf oder sechs Vereine, die einen ziemlich verdächtigen Eindruck machen. Die sollen

Sie mal aufs Korn nehmen. Und ich werde in Ihren Artikeln nichts streichen, was nicht direkt an Verleumdung grenzt. Sie haben völlig freie Hand. Der Chef sieht in der Serie einen Dienst an der Allgemeinheit.«

»Und wenn sie entsprechend gruselig ist, zieht obendrein noch die Auflage an«, ergänzte ich.

Cronin zuckte die Achseln. »Möglich. Aber was sagen Sie zu meinem Vorschlag? Sechs Artikel mit je ungefähr fünfzehnhundert bis zweitausend Wörtern. Wenn nötig, wird die Redaktion auch die entsprechenden Fotos beistellen. Sie haben nichts weiter zu tun, als sich umzusehen und dann die Artikel zu schreiben. Dafür müßten doch vier bis fünf Stunden die Woche genügen.«

»Wie hoch ist das Honorar?«

»Der Alte wollte bis zu hundertfünfzig gehen. Aber ich habe ihm gesagt, daß Ihr Name zweihundert wert ist. Samt Verfasserzeile, natürlich.«

Das war zwar nicht gerade eine Goldmine, aber ich konnte zwölf Hunderter für ein paar Stunden Arbeit pro Woche gut gebrauchen. Ich konnte das Geld sogar verdammt gut gebrauchen, nachdem ich auf die Tantiemen meines Buches noch zwei Monate warten mußte. Und eine Abwechslung riß mich vielleicht wirklich aus meinem Trott. Vielleicht gewöhnte ich mir dabei ab, dazuhocken und zu trinken, damit ich schlafen konnte, ohne zu träumen, ohne von diesem Traum verfolgt zu werden –

»Abgemacht«, sagte ich. »Wann fangen wir an?«

»Sonntag in einer Woche; wenn Sie bis dahin liefern können«, antwortete Cronin. »Wir werden die Serie diesen Sonntag ankündigen. Heute ist Montag. Kommen Sie morgen in mein Büro; dann geben wir Ihnen sämtliche Unterlagen, die wir zusammengetragen haben.«

»Einverstanden.« Und ich hielt seinen Vorschlag für gut, weil ich ja nicht ahnen konnte, daß damit die Lunte angezündet wurde. »Noch ein Glas?«

Cronin rutschte vom Hocker. »Bedaure, ich muß los. Kommen Sie morgen vormittag?«

»Natürlich, nur keine Angst.« Ich lächelte ihm zu. »Ich trinke nur noch einen für unterwegs.«

Das Getränk war noch nicht erfunden, das mir über die Straße helfen konnte, auf die ich zusteuerte; aber das wußte ich damals noch nicht.

Als Cronin aus dem Lokal ging, winkte ich dem Barmann zu und sagte: »Das Übliche.«

Ich trank das Übliche; dann ging ich. Es war ein nasser Abend, und ich fröstelte in der Kälte und schlug den Mantelkragen hoch. Mein Wagen parkte einen halben Häuserblock weiter, und ich vergrub die Hände in den Taschen und marschierte über den regennassen Gehsteig. Die Straßen waren wie ausgestorben.

Alle Menschen mit einem Quentchen Verstand waren zu Hause, hatten die Schuhe ausgezogen und flegelten sich bequem vor einem Fernsehapparat und tranken noch ein Bier, ehe sie die Kinder zu Bett brachten und sich dann selbst hinlegten, um das Bett mit ihrer besseren Hälfte zu teilen. Das war eine warme, anheimelnde Vorstellung, und ich konnte mich an eine Zeit erinnern, da dieser Gedanke für mich selbst in sehr greifbare Nähe gerückt war. Aber das lag schon viele Wochen und Whiskys zurück.

Nett von Cronin, an mich zu denken, überlegte ich; ich suchte in meiner feuchten Manteltasche nach den Autoschlüsseln. Ungefähr so, als böte man einem Trinker ein volles Glas an. Sein Auftrag würde mir nicht dabei helfen, wieder zu meinem Buch zurückzufinden; eher im Gegenteil. Und das Buch würde zu den zwei anderen wandern, die in meiner Schreibtischlade verstaubten.

Ich stieg ins Auto, und das alte Vehikel erwachte hustend zu einem wasserdurchtränkten Leben. Ich fuhr die gewohnte Strecke in die leere Wohnung mit der gewohnten Unordnung und versuchte, die Schreibmaschine nicht anzusehen. Wie immer stand sie aufnahmebereit da, und wie immer vermied ich ihre stumme Aufforderung und warf mein Hemd darüber, als ich mich zum Schlafengehen auszog.

Ich rauchte die übliche letzte Zigarette, ehe ich mit der üblichen Bewegung das Licht ausknipste. Dann kam die übliche Dunkelheit; ich döste ein wie üblich, und schließlich fing der übliche Traum wieder an.

Das kommt davon, wenn ich nicht genug trinke. Dann träume ich nämlich. Andere träumen, daß sie fliegen oder der Chef sind, während der Chef ihre eigenen Arbeiten leisten muß, oder vielleicht träumen sie auch von einem intimen Beisammensein mit ihrer Freundin oder der neuen Stenotypistin, die vorige Woche da angefangen hat. Oder vielleicht träumen sie davon, daß man sie ohne Hose auf der Straße ertappt. Ich habe nie solche Träume. Nicht mehr. Mich sucht mein ureigenster, maßgeschneiderter Traum heim, der mich, seit ich von der Küste zurückgekommen bin, verfolgt; immer, wenn ich nicht sinnlos betrunken bin.

Wie üblich wußte ich, daß es sich um einen Traum handelte, aber das nützte nichts. Mir wurde immer heißer und heißer, und ich spürte die Glut auf meinem Gesicht, als ich mich bückte, um in dieses *andere* Gesicht zu starren, das übliche Gesicht, das ganz plötzlich und erschreckend *un*-gewöhnlich war.

Dann sah ich es; ich sah die verbrannte Fratze mit den beiden blinden Höhlen, durch die die Gasblasen sickerten, und ich schrie auf, und meine Fingernägel zerfetzten das Laken.

Ich wachte auf und griff nach einer Zigarette; aber ich zündete sie nicht an. Lange Zeit lag ich zitternd da und wollte nicht rauchen, weil ich nicht den Mut dazu aufbrachte. Denn wo Rauch ist, da ist auch ein Feuer.

Und ich hatte eine Todesangst vor dem Feuer.

2

Am nächsten Morgen fuhr ich so gegen zehn zur Redaktion des »Globus«. Selbst um diese Vormittagsstunde ist es eine gefährliche Sache, den Wagen über die Straßen längs dem Seeufer zu steuern. Genau wie vor drei Jahren verkrampfte sich mein Magen, und ich verfluchte mich dafür, mich auf etwas eingelassen zu haben, was ich nicht tun wollte; Geld hin oder her. Ich hatte vergessen, daß Cronin auf den Menschen wie auf Geigen spielen kann. Er überrumpelt dich in einem schwachen Augenblick, sagt genau das richtige Wort, und schon tanzt man nach seiner Pfeife.

Sämtliche Parkplätze vor dem »Globus« waren besetzt, und ich fuhr um das Haus herum und fand bei den Verladedocks einen freien Platz. Tony, der den Lastenfahrstuhl bedient, traf vor Freude beinahe der Schlag, als er mich wiedersah; und in mir regte sich etwas wie Heimweh. Vor drei Jahren, ehe ich beschlossen hatte, unter die Romanschreiber zu gehen, war ich einer von Cronins erfolgreichsten Rathausreportern. Es war kein übles Geschäft; Cronin war ein angenehmer Chef, und ich hatte nie bedauert, was ich gelernt hatte. Manchmal dachte ich sogar daran, meinen alten Beruf wieder aufzunehmen, und bei Tonys Begeisterung mußte ich wieder daran denken. Ganze eindreiviertel Sekunden lang…

Ed Cronin war in seinem Büro und erwartete mich. Kaum war ich eingetreten, da griff er auch schon nach einem Notizbuch.

»Alles vorbereitet«, sagte er. »Hier ist die Aufstellung.«

Er gab mir eine Namensliste. Ich überflog sie rasch.

»Die Weiße Bruderschaft!«

»Kirche des Goldenen Atoms!«

»Tempel des Neuen Königreichs!«

»Zentrum der Weisheit!«

»Haus der Wahrheit!«

»Tempel der Lodernden Flamme!«

»Die Adressen stehen im Notizbuch«, sagte er. »Ebenso die Namen der Leiter. Über manche von ihnen sind wir im Bilde, über andere nicht. Das ist Ihre Aufgabe – die fehlenden Informationen zu beschaffen.«

Ich nickte.

»Falls Sie Unterstützung brauchen, lassen Sie's mich wissen. Wenn Sie mich zwei Stunden vorher anrufen, kann ich Ihnen einen Fotografen schicken. Und vermutlich wollen Sie auch einen Presseausweis haben.«

Mein Kopf hörte auf zu nicken und begann, sich zu schütteln.

»Diese Leute machen sich nichts aus der Presse. Wäre es nicht besser, wenn ich mich erst mal rein zufällig in eines ihrer Lokale verirrte? Wenn ich dann weiß, worum es eigentlich geht, könnte ich ja wiederkommen und ein Interview arrangieren. Dann wüßte ich, wovon ich rede und worauf es ankommt.«

»Möglich.«

Er schrieb eine Notiz auf seinen Vormerkblock. »Ich werde eine Anzeige aufsetzen, um damit die Serie anzukündigen. Daran können sich dann der ›Chronicle‹ und der ›Leader‹ ein bißchen die Zähne ausbeißen.«

»Und sich selbst etwas einfallen lassen«, wandte ich ein. »Ich halte es für klüger, möglichst vielen Versammlungen beizuwohnen, ehe ein Hinweis in unserer Zeitung erscheint.«

»Das können Sie halten, wie Sie wollen. Mir liegt nur an einer guten Serie. Aber seien Sie vorsichtig.«

»Was meinen Sie denn damit?«

»Na ja, manche dieser Sektierer sind ziemlich fanatisch.« Cronin warf einen Blick auf seinen Vormerkblock. »Haben Sie eine Pistole?«

»Nun aber mal sachte«, grinste ich. »Wir leben in einer großen Stadt. Vergessen Sie nicht unsere Polizei.«

Cronin zuckte die Achseln. Er sah mich immer noch nicht an. »Ich dachte ja bloß«, murmelte er.

Ich beugte mich über den Schreibtisch. »Sie sind ein alter Zeitungsfuchs. Sie spielen nicht mit Vermutungen, Sie stützen sich auf Tatsachen. Warum also haben Sie mich nach einer Pistole gefragt?«

»Tja...« Er rückte unbehaglich auf seinem Stuhl hin und her. »Ich habe nämlich schon zwei Jungs ausgeschickt, damit sie uns eine kleine Vorschau beschaffen. Dabei haben sie in manchen Versammlungslokalen ziemlich unerfreuliche Erfahrungen gemacht. Einer landete dank der freundlichen Bemühungen der Sekte des Zentrums der Weisheit mit dem Allerwertesten auf der Straße, als er anfing, Fragen zu stellen. Der andere Reporter wurde nach einer Unterredung mit Peabody – der ist der Obermacher der Weißen Bruderschaft – zweimal von einem anonymen Anrufer davor gewarnt, seine Nase in ihre Angelegenheiten zu stecken. Und der Kreis der Lodernden Flamme hat überhaupt niemanden eingelassen. Deshalb –«

»Deshalb haben Sie mir zuliebe eine nette kleine Komödie aufgeführt, wie?« fiel ich ihm ins Wort. »Sie haben mir einen Presseausweis und einen Fotografen angeboten, weil Sie wußten, daß ich beides ablehnen würde. Und Sie haben mich überhaupt nur geholt, weil Ihre ständigen Mitarbeiter sich bei der Reportage schon kalte Füße geholt haben. Deshalb sind Sie doch auf mich verfallen, Cronin, stimmt's? Weil sich ein Außenseiter vielleicht dort Zutritt verschaffen kann, wo es Ihren Leuten nicht gelungen ist. Und weil Sie ganz gut wissen, daß Ihre Absicht, eine solche Serie aufzuziehen, bei den betreffenden Stellen bereits bekannt ist und sie nur darauf warten, daß jetzt ein Fremder bei ihnen auftaucht. Man hat sie aufgescheucht. Und jetzt soll ich Ihnen die Kastanien aus dem Feuer holen. Was erwarten Sie denn eigentlich für Ihre zwölfhundert Scheinchen? Daß ich mich dafür umlegen lasse?«

»Also hören Sie mal –«

»Wenn das nämlich so ist, dann können Sie auf mich zählen. Weil ich nämlich das Geld gut gebrauchen kann.« Ich griff nach dem Notizbuch und wandte mich zur Tür. »Auf Wiedersehen im Leichenschauhaus«, sagte ich.

Cronin öffnete den Mund zu einer Bemerkung, aber er brachte kein Wort hervor. Solche Gesichter habe ich im Zoo schon mal gesehen; da warten sie so darauf, daß ihnen jemand einen Fisch ins offene Maul wirft.

An der Schwelle drehte ich mich um und grinste ihn an.

»Nichts für ungut«, sagte ich. »Verstehen Sie denn keinen Witz? Ich hab Sie doch bloß auf den Arm genommen.«

Dann verließ ich, immer noch grinsend, sein Büro. Natürlich hatte ich nur Spaß gemacht. Heutzutage wird kein Mensch mehr wegen eines Zeitungsartikels umgebracht; nicht mal von Sektierern. Und nicht in einer so dicht besiedelten Stadt wie der unseren.

Oder doch? Während ich mit meinem Wagen davonfuhr, fiel mir verschiedenes ein, was ich an der Ostküste gehört hatte.

Mehr oder minder ernst zu nehmende Gerüchte. Manche dieser verdrehten Vereine waren für ihre Ideenträger eine Goldmine. Oft handelte es sich dabei um Geschäfte, die in die Millionen gingen. Stach man in diese Machenschaften hinein, dann war das regelmäßig mit einem Risiko verbunden.

Das Grinsen verging mir. Vielleicht sollte ich doch lieber eine Pistole einstecken. Nur wußte ich genau, daß ich das niemals tun würde, selbst wenn mein Auftrag sich als gefährlich entpuppte.

Vielleicht kam ich damit der Wahrheit näher. Ich wollte mich in Gefahr begeben. Ich wollte mich umlegen lassen. Ich hatte diesen Auftrag aus einem unbewußten Todeswunsch angenommen –

Quatsch! Aber vielleicht sollte ich trotzdem dieser Tage mal Schwarm aufsuchen und ihm davon erzählen. Er würde mir die richtige Antwort geben.

Ich merkte mir die Absicht vor und türmte sämtliche anderen Gedanken darüber. Noch nie ist ein Safe erfunden worden, das so verläßlich funktioniert wie das brave, alte menschliche Gehirn. Da paßt so allerhand hinein. Natürlich haben in jüngster Zeit einige Psychoanalytiker sich

Methoden zur Sprengung dieses Safes zugelegt; sie bohren den Schädel mit ihren hinterlistigen Fragen an. Heutzutage ist nichts mehr völlig sicher. Man kann nichts verbergen; immer kommen sie dahinter, und der Traum kommt so lange wieder, bis du selbst erkennst, was du verdrängen wolltest, sogar vor dir selbst. Bis du das wiederverbrannte Gesicht siehst –

»Sie, passen Sie doch gefälligst auf!«

Ich zuckte hoch, als der Junge mich vom Gehsteig her anschrie.

»Entschuldige«, sagte ich und schlug das Lenkrad ein. Ich durfte mich nicht so gehenlassen.

Im Augenblick jedenfalls wollte ich erst mal zu Mittag essen. Anschließend würde ich das Notizbuch durchlesen und Pläne machen.

Ich zwängte mich in den Parkplatz am Südende des Geschäftsviertels und betrat den »Dinner Gong«. Ich setzte mich in eine Loge, stopfte irgendwelches Essen in mich hinein und machte mich über das mir mitgegebene Material her.

Die Weiße Bruderschaft bildete den Anfang meiner Liste.

»Hochwürden Amos Peabody. Maßt sich göttliche Eigenschaften an. Sagt für 1970 das Ende der Welt voraus. Vergleiche frühere Prophezeiung für 1960. Ungefähr 200 Anhänger. Seine Masche: Überschreibung sämtlicher Besitztümer. Treffpunkt: 149 S Mason. Versammlungen jeden Dienstag und Donnerstag, 20 Uhr.«

Heute war Dienstag. Den Rest konnte ich mir erst mal schenken. Ich konnte mir die Weiße Bruderschaft näher ansehen und heute abend ihrer Versammlung beiwohnen. Vielleicht war Peabody anschließend sogar persönlich zu sprechen, und ich hatte meinen ersten Artikel in der Tasche.

Ich sah auf meine Uhr. Es war noch nicht eins. Ich ging aus dem »Dinner Gong« und fuhr zum Gerichtsgebäude. Von da fuhr ich zum Magistrat und anschließend in die öffentliche Nachschlagbibliothek.

Als ich wieder auf die Uhr sah, war es beinahe sieben. Aber ich hatte meine Unterlagen beisammen. Sehr ausführliche sogar. Ich konnte schon fast einen Artikel daraus machen, ohne mir die Versammlung überhaupt anzusehen.

Peabody schien der übliche Typ des tüchtigen Geschäftemachers zu sein. Ich wußte jetzt, wie oft er verheiratet und wie oft er wegen Betrugsverdachtes verhaftet gewesen war. Mir war sein Einkommen des vergangenen Jahres – oder zumindest die von ihm angegebene Summe – bekannt; und seine Einnahmequellen auch. Ich wußte, wie er sein Schwindelunternehmen führte und wem er die Idee dazu gestohlen hatte.

Drüben an der Küste hatte ich eine Reihe solcher Typen wie ihn kennengelernt. Und viele ihrer Anhänger. Letztere interessierten mich wirklich; die Anhänger, die Gläubigen, die auf Wunder hofften und die sich nach Offenbarungen sehnten.

Flucht. Heutzutage will jeder flüchten. Einer flüchtet sich in die Fernsehröhre, andere haben ihre Injektionsnadel, und dann kann man ja auch noch in das Glas gucken.

Kein Mensch will heute noch etwas von der Wirklichkeit wissen. Sie ist auf ein einfaches, aber unverdauliches Rezept herabgedrückt worden:

»Man nehme eine Spur Wasserstoffatome, füge eine Prise Kobalt hinzu und renne dann so weit wie möglich weg.«

Das ist der kleine Haushaltstip, vor dem sie alle auszureißen versuchen. Darauf kann man sich verlassen wie auf den Tod und die Steuern; und daran haben wir ja heute keinen Mangel. Was ist also natürlicher, als daß manche Leute ihren Frieden in einer Sekte suchen? Das sind gewisse, altvertraute Typen, denen die Rolle des bloßen Zusehers und andere Ersatzbefriedigungen nicht mehr genügen. Ich wußte vorher schon, wie die Mitglieder der Weißen Bruderschaft aussehen würden.

Da war einmal die dicke, schlampige Hausfrau, die in den Kreis der Auserwählten erhoben worden war. Der stotternde Diener, der die Fußböden in der Fabrik fegte, seinen Platz in der verherrlichenden Priesterschaft einnahm und sich am Tage des Weltuntergangs weidete, der seinen Vorarbeiter und die Chefs erwartete. Eine weitere Figur ist das bebrillte Mädchen mit dem strähnigen Haar und den Pickeln; sie wird zur Braut der Herrlichkeit. Dann ist der alternde Mann vertreten, dessen Reue über vergangene Sünden mit zunehmender Impotenz wächst. Er wirft diese Sünden ab; er erkauft sich den Weg zur Gnade im hereinbrechenden Königreich.

Das waren die Leute, die Amos Peabody lenkte und dem Heiligen Geist empfahl. Und das alles genau nach dem Buchstaben des Gesetzes, eingetragen, und in seinem Namen gesetzlich geschützt. Ein hübsches, sauberes, steuerfreies, kleines Unternehmen, das von Tag zu Tag größer wurde. Man gebe allen einen Titel, schenke ihnen das Gefühl der eigenen Wichtigkeit und erzähle ihnen, daß alle anderen im ewigen Höllenfeuer schmoren müßten, während auf die wahren Gläubigen im Himmel der Lohn wartet. Amos Peabody allerdings sackte seinen Lohn gleich an Ort und Stelle ein. Und vielleicht schätzt er es gar nicht, wenn ein Fremder auftaucht und den Schnüffler spielt.

Trotzdem aber fuhr ich zur 149. Straße Mason; ich kam ungefähr um halb acht an. Der Rahmen entsprach genau meinen Erwartungen; ein großes, dreistöckiges Holzhaus, das vermutlich früher einmal öffentlichen Versammlungen gedient hatte. Jetzt war das erste Stockwerk ein Bethaus, und im zweiten und dritten Stockwerk waren die Büroräume und die Wohnung untergebracht. Alles sah äußerst bescheiden und schlicht aus; aber genau diesen Eindruck wollte Peabody ja auch erzielen. Man darf die Dummen nie mit einer prunkvollen Fassade verscheuchen, wenn man mit der Masche des Weltuntergangs arbeitet und die Abkehr von jedem irdischen Besitz predigt.

Die meisten der Geneppten wußten vermutlich nichts von dem, was ich an einem einzigen Nachmittag ermittelt hatte. Sie hatten keine Ahnung, daß Mr. Peabody draußen am Hügel dreißig Hektar Boden besaß und in einer Villa mit vierzehn Zimmern wohnte. Sie wußten wohl, daß er zwei Cadillacs und einen Hermelinmantel hatte, weil sie diese Geschenke aus ihren Mitgliedsbeiträgen für ihn finanziert hatten. Immerhin steht einem Propheten ein gewisser Luxus zu. Aber sie wären sicher überrascht zu erfahren, wieviel Kapital er in Grundstücken und Wertpapieren stecken hat, obwohl Peabody doch die Frohe Botschaft vom Weltuntergang verkündet.

Ich starrte die Hausfassade an, als die Lichter eben aufflammten. Nur noch eine halbe Stunde bis zum Beginn, aber sie bereiteten sich schon vor. Kleine Menschengruppen drangten sich auf dem Gehsteig vor dem Eingang. Einige von ihnen waren ältere Leute, aber es war auch eine erstaunlich große Anzahl Jugendlicher vertreten; jener brave, anständige Typ des jungen Burschen im konservativen Anzug, ein naives Lächeln auf den Lippen, den nur noch einige Jährchen von Fortbildungskursen für leitende Positionen und Verwaltungsposten beim Christlichen Verein Junger Männer trennten. Äußerlich jedenfalls unterschieden sie sich in Größe und Aussehen durch nichts von jungen Episkopalen oder Methodisten oder jeder anderen Glaubensgemeinschaft. Innerlich dürfte die Mischung allerdings etwas anders ausgesehen haben. Ein bißchen schuldbewußter vielleicht. Einzelgänger, die ihre Zugehörigkeit zu einem verstiegenen religiösen Nebengewässer entdeckt hatten. Ich sah auf die Uhr. Zeit, mich startbereit zu machen. Eine halbe Stunde noch. Plötzlich fiel mir ein, daß ich seit Mittag nichts mehr gegessen hatte.

Vielleicht konnte ich mir noch schnell irgendwo einen Sandwich besorgen. Ich sah die Straße hinab. Da war nicht viel zu erhoffen. Sobald ich mich aus dem gelben Lichtkreis vor der weißgetünchten Wand des Bethauses entfernte, hatte ich den teuren Wohnbezirk auch schon verlassen. Vernachlässigte Häuser mit abfallendem Verputz, blinde, fliegenbeschmutzte Fensterscheiben, Altwarenhändler, ein Zeitschriftenladen, der alte Bücher und Magazine in englischer und spanischer Sprache anbot, ein schäbiges Kino, das den großartigen Erfolgsfilm »Los Níños Encantados« anpries. Ein noch geöffnetes Bonbongeschäft, vor dem zwei schwarzhaarige Burschen in schwarzen Lederjacken lungerten.

Ein Windstoß trieb alte Zeitungen über die verstaubten Straßen. Einen halben Häuserblock weiter klapperte plötzlich ein Abfalleimer, und eine Katze miaute erschrocken. Die Luft roch nach Regen, und ich sah zum

Himmel; hohe Wolkenberge segelten langsam am Mond vorbei. Feine Nacht, dachte ich.

Die einzige vegetarische Gastwirtschaft des Blocks war geschlossen; deshalb wollte ich mein Glück mal in einer Bar versuchen. In so einem düsteren Viertel wirkt die Neonreklame einer Kneipe immer besonders hell.

Ich überquerte die Straße und ging den Häuserblock entlang zur Bar »Joe's Place«. Warum tragen neun von zehn Kneipen eigentlich den Vornamen des Eigentümers?

Es war ein Familienbetrieb; Joe stand hinter der Theke. Er las den Sportteil der Zeitung. Als ich ein belegtes Brot verlangte, sagte er nur »klar« und rief seine Frau. Sie war im Hinterzimmer, und nachdem sie die Bestellung aufgenommen hatte, zog sie sich wieder zurück und schnitt weiter die Leberwurst in Scheiben.

Während ich wartete, trank ich eine Flasche Bier. Dabei entdeckte ich, daß ich nicht nur hungrig, sondern auch durstig war; deshalb trank ich gleich noch eine. Das belegte Brot wurde gebracht. Und gleichzeitig noch etwas, das Ma Kaffee nannte. Das alte Mädchen hatte vielleicht Phantasie!

Nach zwei Schlucken stellte ich die Tasse hin und bestellte lieber einen Whisky. Den Vignetten auf den Flaschen traute ich wenigstens.

Ich sah mir meine Aufzeichnungen noch mal an. Alles schien in Ordnung zu sein. Vielleicht konnte ich mein Notizbuch hierlassen, während ich zur Weißen Bruderschaft ging. Ich wollte ganz sicher sein, daß die Aufzeichnungen nicht in falsche Hände gerieten.

Nicht daß ich mit einer Keilerei rechnete. Aber man weiß ja nie. Man soll keine unnötigen Risiken eingehen.

Was war denn mit mir los? Wollte ich mir das Honorar

etwa nicht verdienen? Schließlich handelte es sich, wie Cronin gesagt hatte, um einen Dienst an der Allgemeinheit. Ich sollte einen Scharlatan entlarven und die Menschen davor bewahren, daß sie von einem gewissenlosen Schwindler ausgebeutet wurden.

Na schön. Ich *wollte* also nicht hingehen. Soviel wußte ich jetzt. Ich war feige geworden. Deshalb konnte ich nicht mehr schreiben; und deshalb fürchtete ich mich auch vor meinem eigenen Schatten.

Nein, nicht vor meinem Schatten. Ich fürchtete mich vor etwas anderem, und Cronin wußte es. Ich wußte es auch. Ich hatte Angst. Deshalb trank ich. Wie jetzt. Gleich acht, und ich habe mir eben noch einen Whisky bestellt. Zwei Whisky und zwei Bier auf einen beinahe leeren Magen. Das müßte mir doch Mut genug machen, um die Sache durchzustehen.

Aber ich hoffte immer noch, daß es nicht dazu kommen würde. Daß mich etwas in letzter Minute davor retten würde. *Hilf mir, hilf mir*, wiederholte die Stimme endlos in meinen Gedanken. Ich kannte die Stimme, und ich wollte sie vergessen. Ein Whisky mehr würde mir dabei helfen. Bloß: Dazu hatte ich keine Zeit mehr.

Ich wollte schon aufstehen, bezahlen und Joe bitten, mir mein Notizbuch für ungefähr eine Stunde aufzubewahren.

Da öffnete sich die Tür.

Die Tür öffnete sich, und dieses Mädchen trat ein.

Sie paßte nicht in eine Kneipe mit Familienbetrieb. Sie paßte nicht in diese Gegend. Sie paßte überhaupt nicht in diese Welt. Ich wußte, wohin sie gehörte. In meine Träume; in Träume, die ich schon lange nicht mehr hatte.

Ihr Haar war wie Kupfer; etwa im Farbton frisch geprägter Pennymünzen, die man sich als Glücksgroschen in die Tasche steckt. Und sie war beinahe selbst ein Taschenformat. Ziemlich klein, aber beim zweiten Blick bemerkte man das nicht mehr, weil sie wunderbar proportioniert war. Ihr schwarzes Wollkleid saß wie angegossen auf ihrer Figur; die weiße Linie ihres Halses zog den Blick unwiderstehlich an.

Ich blinzelte und schüttelte den Kopf. Das sah mir doch gar nicht ähnlich! Seit ich von der Küste zurück bin, habe ich an Frauen nicht einmal mehr gedacht.

Aber jetzt waren wir beide hier; sie und ich. Warum? Wie hatte sie sich in diese billige Kneipe verirrt? Was tat sie hier?

Es ging mich nichts an. Aber trotzdem sah ich ihr nach, als sie zur Theke ging und sich etwas zu trinken bestellte. Bourbon mit Eis. Der Wirt kannte sie ganz offensichtlich nicht. Er schenkte ihr ein, und ich starrte sie an. Bis sie meinen Blick fühlte. Und sich zu mir umdrehte.

Flüchtig sah ich, daß sie grüne Augen hatte. Dann sah sie wieder weg. Sicher. Das war die Wirklichkeit. Und im wirklichen Leben passiert es nie, daß einem das Mädchen seiner Träume entgegengeht und sagt: »Sie müssen Phil Dempster sein. Ich wollte Sie schon immer mal kennenlernen.«

Ich ertappte sie dabei, wie sie mich noch mal ansah. Dann sah sie wieder weg. Na ja, schließlich mußte ich mit dem Wirt reden. Er kam an meinen Tisch, und ich beugte mich zu ihm.

Dann spürte ich die Hand auf meiner Schulter. Ich drehte mich um, und sie stand da. Sie stand einfach da, lächelte und sagte: »Verzeihen Sie, aber sind Sie nicht Philip Dempster? Ich wollte Sie schon immer mal kennenlernen.«

3

Wir dürfen unsere Lunte nicht vergessen. Sie brannte schon, aber das wußte ich nicht; ich hatte keine Ahnung, wie schnell ein Funke wandern kann. Aber selbst wenn ich es gewußt hätte; ich hätte wohl kaum etwas dagegen unternommen.

Wenn Sie jemals eine brennende Lunte sehen sollten, dann werden Sie mich vielleicht verstehen. Das Schauspiel ist derart fesselnd, daß man darüber die Gefahr völlig vergißt; man starrt nur den Funken an, diesen kleinen, roten Funken, der sich weiterfrißt und sich so hübsch, so schnell, so zauberhaft vorwärts bewegt. Man beobachtet den Funken; er sieht wie ein Lebewesen aus. Ohne es zu wissen, identifiziert man sich mit ihm; man hofft, daß er am Leben bleiben wird, statt zu verlöschen. Und der Funke bewegt sich; immer weiter; und immer schneller, schneller. Bis zur Explosion.

Aber damals hatte ich keine Ahnung davon. Ich wußte bloß, daß ein Traum wahr wurde. Einer der guten Träume, einer der besten sogar.

Und der Traum sagte: »Ich habe mir eingebildet, Sie zu erkennen, aber ich war mir nicht sicher. Sie sehen genauso aus wie das Foto auf dem Umschlag.«

Dann begriff ich; und da war es kein Traum mehr. »Sie haben also das Buch gelesen«, sagte ich.

»Natürlich. Wir haben drei Stück für die Bibliothek gekauft.«

»Sind Sie Bibliothekarin?«

»Nicht mehr. Früher mal. Jetzt arbeite ich als Privatsekretärin.«

Sie sah mich unter ihren gesenkten Wimpern an. »Aber

wie unerzogen von mir, Sie einfach zu überfallen, ohne mich vorzustellen.«

»Um ehrlich zu sein, ich finde es großartig«, sagte ich. »Man erlebt das nicht oft. Die Leute merken sich die Namen der Autoren nicht. Sie als ehemalige Bibliothekarin sollten das wissen. Da reden manche stundenlang über ein Buch, das sie gelesen haben, aber wenn man sie fragt, wer es geschrieben hat, wissen sie es nicht.«

»Das stimmt, Mr. Dempster.«

»Was trinken Sie, Miss...«

»Bourbon.«

»Aha. Und wie heißen Sie?«

»Diana Rideaux.« Sie buchstabierte mir den Namen.

»Französin?«

»Mein Vater war Franzose. Oder eigentlich Kreole. Ich bin in New York geboren.«

»Prachtvolle Stadt. Eines Tages fahre ich wieder mal hin«, sagte ich. »Ich wollte immer schon eine wissenschaftliche Abhandlung über die alten Voodoo-Kulte verfassen. Wissen Sie etwas darüber?«

»Nein. Ich habe fast immer hier gelebt.«

Ich sah zur Theke und nickte Joe zu. »Zweimal Bourbon«, sagte ich. »Mit Eis.«

Joe brachte die Getränke. Wir machten Konversation. Dabei erfuhr ich, daß sie ihre Tante hatte besuchen wollen, aber die war nicht dagewesen. Und sie hatte nicht daran gedacht, einen Mantel mitzunehmen, und da sie bei der Bushaltestelle an der Ecke gefroren hatte, war sie hier hereingekommen, um sich aufzuwärmen. Sie war es nicht gewohnt, allein in fremde Kneipen oder irgendwelche Kneipen zu gehen, und sie hoffte, ich hätte keinen falschen Eindruck von ihr gewonnen.

Ich versicherte ihr, daß das nicht der Fall sei und daß ich einen sehr guten Eindruck von ihr hätte. Und das stimmte auch. Je mehr ich zu sehen bekam, desto mehr gefiel es mir. Und dann begann sie, über mein Buch zu reden; und je mehr ich zu hören bekam, um so besser gefiel es mir.

Dann sah ich auf meine Uhr; es war Viertel nach acht. Sie merkte das sofort. »Halte ich Sie von einer Verabredung ab?«

»Aber nein; keine Spur. Ich wäre nirgends lieber als hier.« Und das stimmte auch. Allmählich wurde ich beschwipst. Zum Teil kam das vom Alkohol; zum Teil aber auch von ihrer Gegenwart und davon, daß die warme, weiche, duftende, kupferrote Wolke so nahe vor meinem Gesicht schwebte.

Es war ungemein angenehm, hier zu sitzen, das Schnapsglas in der Hand zu halten und dem hübschen Mädchen zuzuhören, das über mich redete. Vielleicht klingt das sehr überheblich, aber ich habe den Verdacht, daß im Grunde jeder Mann so empfindet. Obwohl das die meisten nicht zugeben würden.

Ich sollte wirklich einen Punkt machen, sagte ich mir immer. Vielleicht verabrede ich mich einfach mit ihr. Ich muß endlich zu dieser Versammlung gehen.

Na, und wenn ich wirklich ein paar Minuten versäumte? Vermutlich begann es ohnehin nicht pünktlich. Bestimmt genügte auch acht Uhr dreißig. Bis dahin konnten wir noch etwas trinken. Das taten wir denn auch, und Miss Rideaux schlug vor, in eine Loge zu übersiedeln, weil mittlerweile mehrere Stammgäste erschienen waren. Wir setzten uns in die Loge und redeten weiter.

Als ich wieder auf die Uhr sah, war es Viertel vor neun. Und wir hatten eben wieder nachbestellt.

Im Grunde brauchte ich mich ja auch gar nicht zu beeilen. Am Donnerstag abend fand die nächste Versammlung der Weißen Bruderschaft statt. Das war immer noch früh genug.

Seit Monaten hatte ich mich nicht mehr so wohl gefühlt. Ich hatte gar nicht mehr daran geglaubt, daß ich mich jemals wieder so prächtig fühlen könnte. Es war vollkommen. Es gibt Mädchen, mit denen man sich gern unterhält, und solche, mit denen man gerne trinkt. Leider verachten meistens die einen die anderen. Außerdem ist es sehr kostspielig, zwei Mädchen gleichzeitig auszuführen, selbst wenn sie damit einverstanden wären. Was sie natürlich nie sind.

Dieses Mädchen hier hatte beide Eigenschaften. Eine Bibliothekarin, die gern zechte. Und obendrein noch die Libido anregte. Ja, wirklich; das war beinahe zu gut, um wahr zu sein. Das habe ich einmal zu Margery gesagt. »Du bist zu gut, um wahr zu sein. Versprich mir, daß du bei mir bleibst.«

»Was haben Sie denn?« fragte sie. Ich bemerkte, daß Miss Rideaux mich groß ansah. »Habe ich was Falsches gesagt?«

»Nein. Warum?«

»Weil Sie so die Stirn runzeln.«

»Entschuldigen Sie. Mir ist nur eben etwas eingefallen –«

»Ich wette, Sie erwartet heute abend doch noch ein Rendezvous.«

»Kein Rendezvous«, berichtigte ich. »Ein Bericht.«

»Versteh ich nicht.«

Deshalb erzählte ich ihr dann auch von der Weißen Bruderschaft. Und wir tranken weiter. Ich hatte total den

Überblick verloren, aber das war egal. Nichts zählte, als daß ich mit ihr sprach und sie mir zuhörte und sich näher beugte, daß ich ihr Parfüm und den Duft ihres Haares roch und in diese grünen Augen sah; diese rauchigen Smaragde; nein, sie erinnerten eher an Jade. Kupfer und Jade.

Aber das sagte ich ihr natürlich nicht. Ich war unerhört geistreich und scharfsinnig in meinen Ausführungen über Sekten. Alles ist unerhört geistreich und scharfsinnig nach dem achten Glas; oder war es schon das zehnte? Wie dem auch sei; ich erzählte ihr alles über die Weiße Bruderschaft, und sie hörte mir gespannt zu. Ich erklärte ihr, weshalb die Menschen solchen Vereinen beitraten und worin deren Anziehungskraft bestand. Ich erzählte ihr auch einiges über die damaligen Vereine an der Ostküste. Da war die Bewegung, die sich »Ich bin« nannte; und die »Brüderlichkeit«. Da gab es Arthur Bell und Riker, Kullgren, und unten in Ojai den Mann von Lemurien. Bell steckte damit in zehn Jahren einen Gewinn von mehr als zweieinhalb Millionen Dollar ein; die Bruttoeinnahmen der »Ich bin«-Bewegung waren sogar noch höher.

»Diese Bewegung begann in den dreißiger Jahren«, sagte ich. »Sie wurde von einem gewissen Guy Ballard und seiner Frau geführt. Er war ein ehemaliger Plakatierer. Er hat dieses Buch ›Entschleierte Geheimnisse‹ unter dem Pseudonym Godfrey Ray King geschrieben. Kennen Sie es zufällig?«

Sie schüttelte den Kopf. *Das* war vielleicht ein Anblick! Am liebsten hätte ich die Hand ausgestreckt und ihr Haar berührt. Aber ich redete weiter.

»Ballard erstieg eines schönen Tages eben den Mount Shasta und lief damit St. Germain, dem zur Höhe aufgeflogenen Meister, in die Arme. Der gab Ballard ein

Getränk, das sich elektronische Essenz nannte, und eine Pille aus dem gleichen Zeug. Wohlgemerkt, das war noch, ehe man die Vitaminpillen kannte. Es muß eine ungemein starke Mischung gewesen sein, denn rund um ihn schossen zwanzig Meter hohe weiße Flammen auf, und er schwebte frei im Weltraum. Der heilige Germain bereiste mit ihm Ägypten, Südamerika, Indien und den Nationalpark von Yellowstone; er zeigte ihm die Stellen uralter Städte mit unermeßlichen vergrabenen Reichtümern. Dabei enthüllte er ihm, daß es noch weitere zur Höhe aufgeflogene Meister gab, die sich in geheimen Winkeln der Erde eines ewigen Lebens erfreuen und das Geschick der Welt lenken. Jetzt war die Zeit reif, um allen die Wahrheit zu offenbaren; und Ballard war auserwählt worden, der Welt die Botschaft zu übermitteln.« Ich setzte ab, trank einen Schluck und bot ihr eine Zigarette an.

»Danke, nein. Erzählen Sie weiter, das interessiert mich.«

»Das Beste kommt noch«, sagte ich. »Ballard fuhr zurück und begann, dieses Buch zu schreiben. Der heilige Germain diktierte ihm manches davon; er blieb jahrelang mit ihm in Verbindung. Aber ich glaube nicht, daß er jemals etwas von den Tantiemen zu sehen bekam. Das Geld verwaltete Ballard, und er lebte nicht schlecht dabei.

Natürlich errichtete er auch einen Tempel und verkaufte Siegelringe und Stahlstiche von kosmischen Wesen. Er erzeugte auch eine Hautcreme und verkaufte Landkarten und Bücher und sogar Schallplatten mit ›Sphärenmusik‹. Außerdem erschienen eine Monatszeitschrift und Fernkurse.

Von sieben Uhr früh bis Mitternacht veranstaltete er in seinem Heiligtum Kurse. Die Schüler erlernten Hymnen und das Geheimnis der Farbenvibrationen. Sie kauften alles, einschließlich eines Apparates der ›Lebendigen Flamme‹, der immerhin zweihundert Dollar kostete.«

»Ein Wahnwitz«, sagte Miss Rideaux.

»Nein, die Wirklichkeit«, sagte ich. »Das ist alles passiert; es ist schriftlich festgehalten. Die Schüler lernten die Worte und Farben und Gebete, die den Schleier des Bösen von der Erde entfernen sollten. Der heilige Germain und die anderen zur Höhe aufgefahrenen Meister unterstützten sie mit dem Purpurnen Strahl. War erst dieser Schleier gehoben, sollte jeder Mensch sich jeden Herzenswunsch erfüllen können. Man konnte durch ›Materialisierung‹ alles herbeizaubern, was man sich wünschte. Dazu war nichts weiter nötig, als sich so lange auf den Gegenstand zu konzentrieren, bis er erschien. Wünschen Sie sich eine neue Waschmaschine? Die ›Materialisierung‹ schafft sie herbei.

Und es gab auch noch andere Vorteile. Hatte Ballard nicht die Vernichtung Südkaliforniens für 1936 vorausgesagt, und das Land dann dadurch gerettet, daß er den heiligen Germain noch in letzter Minute inständigst um Gnade gebeten hatte? Hatte er nicht drei U-Boote versenkt, die Hitler ausgesandt hatte, um den Panamakanal zu sprengen? Hatte er nicht ihnen allen die Unsterblichkeit und Reichtümer zugesichert? Sie haben den Gegenwert ihres Geldes bekommen.«

»Und wie ist es Ballard ergangen?« fragte sie.

»Nicht schlecht. Die Sekte hat auf andere Städte übergegriffen. Einmal hatte er über dreihunderttausend Anhänger. Wenn Ballard nicht gestorben und seine Frau nicht verurteilt worden wäre, weil sie die Briefpost für ihre Schwindelgeschäfte benutzt hatte, hätte die Sekte vielleicht sogar noch höhere Spitzen erreicht. Als die Steuerbehörde die Geschäfte vor vielen Jahren einmal unter die Lupe nahm und eine Buchprüfung durchführte, schätzte sie Ballards Gewinn auf über drei Millionen Dollar –«

»Drei Millionen!«

»Nicht übel für eine elektronische Essenz«, sagte ich. »Was halten Sie von noch einem Bourbon?«

Sie nickte. Auf sie schien der Alkohol überhaupt keine Wirkung zu haben; aber ich spürte ihn. Wenn ich etwas zuviel trinke, spreche ich zwar genauso klar wie immer, aber dafür verschwimmt mir alles vor den Augen.

Im Augenblick war sie nichts als ein kupferfarbener Nebel. Nicht hell und glänzend; eher trübe und schwankend.

»Mr. Dempster – fehlt Ihnen etwas?«

»Nein, nichts. Vermutlich bloß ein bißchen zuviel elektronische Essenz. Darf ich Sie nach Hause fahren?«

Sie sah mich fest an, und ich versuchte, ihren Blick zu erwidern. Ich sah, daß sie den Kopf schüttelte.

»Nein, das glaube ich nicht. Aber wenn Ihr Wagen draußen steht, fahre *ich Sie* nach Hause.«

»Entschuldigen Sie. Ich hätte das letzte Glas nicht mehr trinken sollen. Ich trinke in letzter Zeit zuviel. Das muß anders werden.« Ich stand auf.

»Wird es gehen?« Ihre Hand lag auf meinem Arm.

»Natürlich.« Und es ging auch. Ohne jede Hilfe ging ich aufrecht durchs Lokal. Es hatte sich mittlerweile sehr gefüllt, und niemand beachtete uns. Sie ging voraus, und ich folgte der Kupferwolke.

Im Wagen durfte ich die Augen schließen. Ich nannte ihr meine Adresse. Sie fuhr. Wahrscheinlich bin ich ein bißchen eingedöst, denn als ich wieder zu mir kam, parkten wir vor meiner Wohnung. Sie öffnete eben den Wagenschlag.

»Lassen Sie ihn über Nacht hier stehen?« fragte sie.

»Klar. Ich habe eine Genehmigung.«

»Dann gehe ich jetzt.« Sie lächelte; jedenfalls kam es mir so vor. »Und vielen Dank für diesen ungemein anregenden Abend.«

Anregend! Blech. Was wird bloß aus dieser modernen Generation? fragte ich mich. Früher hatte es sich so gehört, daß die Frau beschwipst war und der Mann sie nach Hause brachte. Und jetzt ist es genau umgekehrt. *Sie* hat *mich* heimgebracht. Feine Sache. Phil Dempster begegnet dem Mädchen seiner Träume und besäuft sich vor lauter Schreck.

»He!« sagte ich. »Wo gehen Sie denn hin?«

»Nach Hause. Ich wohne drüben in Fairhope. Machen Sie sich keine Sorgen. Der Autobus hält gleich hier an der Ecke.«

»Tut mir leid«, seufzte ich. »Ich bin total fertig.«

»Sie brauchen sich nicht zu entschuldigen. Mir hat es Spaß gemacht.«

»Na, mir nicht. Das soll mir aber nicht wieder...« Ich neigte mich näher. »Kann ich Sie anrufen?«

»Natürlich. Ich stehe im Telefonbuch.«

»Bleiben Sie morgen abend zu Hause. Ich rufe Sie an.«

»Einverstanden. Gute Nacht.« Sie zögerte eine Sekunde.

»Schaffen Sie die Treppe bestimmt allein?«

»Klar. Ich bin völlig in Ordnung, ich...«

Aber sie war schon weg. Ich hörte ihre Absätze übers Pflaster klappern und beugte mich aus dem Fenster, um ihr nachzusehen, aber alles verschwamm vor meinen

Augen. Ja, alles verschwamm; ich hatte gelogen. Ich war kein bißchen in Ordnung. Und daß ich mich allabendlich wegen eines sinnlosen Traumes betrank, war auch nicht in Ordnung. Und begegnete ich einmal anstelle eines Hirngespinstes der Wirklichkeit, dann war ich darauf einfach nicht gefaßt. Ich soff einfach weiter. Und ließ sie laufen.

Warum hatten wir nicht einfach geplaudert? Warum hatte ich sie nicht ein wenig nach ihrem Leben ausgefragt, statt mich derartig albern zu produzieren? Sie mußte mich ja für den typisch versoffenen Literaten halten, den man so schnell wie möglich wieder loswerden will.

Sie hatte mir nämlich überhaupt nichts erzählt. Privatsekretärin war sie, das schon; aber wo? Wohnt in Fairhope, hat sie gesagt; aber wie ist die Adresse? Vermutlich lebt sie mit jemandem zusammen, und ich werde es nie erfahren.

Immerhin hatte sie mir aber ihre Telefonnummer gegeben. Oder nicht? Nein, sie hat bloß gesagt, ich könnte sie morgen abend anrufen. Sie stünde im Telefonbuch.

Warum habe ich nicht daran gedacht, sie um ihre Nummer zu bitten und mir die Nummer aufzuschreiben? Das Notizbuch – Ich tastete meine Taschen ab. Nichts. Ich griff auf den Sitz neben mir, suchte auf dem Boden unter meinen Füßen. Dann fiel es mir wieder ein.

Ich hatte es in der Kneipe liegenlassen. In der Loge.

Ich *mußte* es wiederhaben. Und ich mußte es holen. Angenommen, ein Mitglied der Weißen Bruderschaft kam nach der Versammlung ins Lokal und fand meine Aufzeichnungen?

Ich mußte es holen. Sie war jetzt endgültig weg, denn der Autobus war vor fünf Minuten an mir vorbeigedonnert. Es war niemand da, der mich fahren konnte. Spät war es außerdem. Ein Taxi war auch nicht zu sehen. Vielleicht sollte ich eins herantelefonieren.

Nein. So spät in der Nacht dauert das vielleicht noch eine halbe Stunde. Je früher ich das Notizbuch hatte, desto besser. Ich konnte selbst fahren. Warum auch nicht.

Eine Zeitlang glost die Lunte ganz langsam; dann fängt der Funke plötzlich wie verrückt an zu rennen...

Ich rutschte auf den Fahrersitz und tastete nach dem Schlüssel, der im Zündschloß steckte. Der Wagen brummte auf und zitterte. Das wiederholte sich, dann kroch er voran, und plötzlich schoß er durch die Nacht wie eine Katze, die hinter ihrer Beute her ist. Eine kupferrote Katze mit grünen Augen. Die Katzengöttin von Bubastis. Das wäre doch eine Idee für eine neue Sekte. Man mußte die alten ägyptischen Götter zu neuem Leben erwecken. Hat das nicht einer von Altmeister Crowleys Mitarbeitern versucht? Crowley war ein Teufelsverehrer. Großer Antichrist 666 hat er sich genannt. Und die Leute glaubten ihm.

Selbst ich hatte in meinen Träumen Erscheinungen; es nützte gar nichts, wenn ich die Augen vor ihnen verschloß. Aber ich konnte nicht mit geschlossenen Augen fahren.

Irgendwo auf der Fuller Avenue lichtete es sich in meinem Kopf. Eine Stimme flüsterte mir zu: »Du schaffst es nicht, Phil. Du schaffst es nicht. Warum bleibst du nicht stehen, bleibst stehen, bleibst stehen?«

Es war meine eigene Stimme, und ich wollte nicht auf sie hören. Ich wollte nicht stehenbleiben. Ich *mußte* es schaffen.

Irgendwo hatte ich einen entsetzlichen Knacks. Wenn Schwarm hier wäre, der wüßte es. Er würde mir sagen, was ich tun soll. Er würde mir raten, nach Hause zu gehen, und ich würde ihm gehorchen. Oder er würde sagen, ich soll den Wagen abstellen, aussteigen und den Rest des Weges zu Fuß gehen.

Das war die Lösung. Ich konnte aussteigen und zu Fuß gehen. Es war ja nicht mehr weit. Gehen war sicherer.

Es hatte angefangen zu nieseln; und ich spürte unklar die Feuchtigkeit im Gesicht. Ich machte mir gar nicht die Mühe, meinen Mantel zuzuknöpfen oder mich gegen die Kälte zu schützen. Ich hoffte sogar, daß der Regen mich ernüchtern würde. Aber das war eine weit entfernte Überlegung; im Grunde war es mir völlig egal, ob ich nüchtern wurde oder nicht. Damals oder überhaupt. Die Pflastersteine waren glatt; einmal wäre ich fast hingefallen.

Ich wollte niemanden verletzen und niemanden töten. Ich wollte nicht sterben. Ich wollte auch niemanden sterben *sehen*. Das war der springende Punkt.

Deshalb marschierte ich mit geschlossenen Augen. Auch mein Denken war wie abgeschlossen; ich stolperte einfach vorwärts, und dann dürfte der Weg bergan geführt haben. Ich weiß sogar noch, daß ich knapp vor meinem Ziel anfing zu laufen.

Ich lief und wußte nichts mehr von mir, denn mit einemmal wurde alles zu deutlich. Zu deutlich und hell. Ich sah viel zu gut.

Einmal stand ich vor einer Tür und rüttelte an der Klinke. War das Joes Kneipe? War sie geschlossen?

Dann ging ich irgendwo anders hin, hielt dabei die Augen fest geschlossen und betete um einen Augenblick der Ruhe, ehe ich sie öffnete und erkannte, was meine erwachten Sinne mir mitzuteilen versuchten – bevor ich sehen mußte, was ich jetzt roch und hörte.

Zum Schluß knattert die Lunte ganz laut...

Aber das war kein Knattern. Das war ein leises Murmeln, das zu einem Tosen anwuchs. Es toste in meinen Ohren; es verschlug mir den Atem. Jetzt lag es hinter mir, und ich entfernte mich davon. Ich rannte weg. Zur Ecke.

An der Ecke stand etwas Rotes. Ich öffnete die Augen gerade lange genug, um es zu sehen. Etwas Rotes, das im Widerschein des Lichtes glühte, das hinter mir war.

Ich ging hin und klammerte mich daran. Meine Hände streckten sich aus und in die Höhe, stießen auf Schmerz und dann Wärme. Da bewegten sich meine Hände, und ich hörte ein Geräusch.

Das Geräusch ging in dem Tosen unter, und das Tosen wurde vom Wimmern verschluckt. Ich brach zusammen und wäre gerne ohnmächtig geworden, aber es gelang mir nicht ganz. Eine Minute verging; vielleicht fünf, vielleicht zehn.

Und plötzlich rüttelte mich jemand, und ich war wach und nüchtern. Aber wie kann jemand mitten in einem Alptraum wach und nüchtern sein?

Ich wußte es nicht.

Ich weiß bloß noch, daß man mich so gefunden hat. Ich stand an der Ecke neben dem Feuermelder, während das Bethaus der Weißen Bruderschaft hinter mir in Flammen aufging.

4

Draußen wurde es hell. Die ersten Strahlen der Morgendämmerung fielen durch das hohe Fenster in das kleine Büro.

Captain Dalton schob mir eine Tasse Kaffee zu. Ich

trank einen Schluck. Das Zeug schmeckte bitter wie Asche. Für mich schmeckte alles nach Asche; und alles roch nach Qualm.

»Also, Mr. Dempster«, sagte er. »Wir warten immer noch auf Ihre Aussage.«

»Aber ich habe Ihnen doch schon alles gesagt! Ich hab es auf dem Weg hierher Detektiv Henderson gesagt –«

»Das war für die Akten. Offiziell.« Der kleine, grauhaarige Leiter der Kriminalabteilung, Abteilung Brandstiftung, wies mit seinem Pfeifenstiel auf den Stenographen, der mit dem Block in der Hand neben mir saß.

Ich fragte mich, wie ein Mensch bloß auf die Idee kommen konnte, so eine Stellung anzunehmen, bei der er um fünf Uhr früh mit gezücktem Stenogrammblock bereit sein muß. Es wunderte mich auch, daß der Leiter der Gruppe Brandstiftung eine Pfeife rauchen durfte. Mich wunderte überhaupt eine ganze Menge.

»Versuchen Sie jetzt, sich an jede Einzelheit zu erinnern. Die Sache ist ernst.«

Ich nickte. Und wie ernst sie war. Verdammt ernst sogar. Die rote Hölle der Feuersbrunst; Wände, die in einem Funkenregen einstürzten, und endlich drei Feuerwehrwagen, die rundum die Straßen sperrten. In einem Zimmer im Obergeschoß fanden sie die Leichen von Peabody und noch drei andere. Mitglieder der Weißen Bruderschaft, die dort übernachtet hatten. Das ganze Gebäude war niedergebrannt. Ja, die Sache war ernst; das wußte ich. Und ich wußte auch, daß man mich nicht hierhergebracht hatte, um mich spazierenzufahren. Ich hatte schon mit einem Detektiv und mit dem Brandmeister gesprochen. Wenn die Abteilung Brandstiftung sich eingemischt hatte, dann bedeutete das einen konkreten Verdacht.

»Wo soll ich anfangen?« fragte ich.

»Am besten mit diesem Abend. Ich wünsche eine vollständige Aussage. Ungekürzt.«

Also packte ich aus. Ich nannte ihm meinen Namen und meinen Beruf, ich erzählte ihm von Ed Cronin und meinem Zeitungsauftrag. Ich erzählte ihm, wie ich in Joes Kneipe gekommen war. Ich erzählte ihm, daß ich Diana Rideaux dort kennengelernt hatte und was geschehen war. Daß sie mich nach Hause gefahren hatte und ich wegen meines Notizbuches wieder zurückgefahren war.

Mit anderen Worten, ich erzählte ihm alles. Wieviel ich getrunken hatte und welche Wirkung der Alkohol auf mich gehabt hatte, das erzählte ich ihm allerdings nicht. Ich verlor auch kein Wort darüber, daß ich mit geschlossenen Augen losgestolpert war oder wohin ich gegangen war. Zum Teil, weil ich mich an vieles nicht mehr erinnern konnte, zum Teil auch, weil ich mich an gewisse Dinge nicht mehr erinnern wollte. Es genügte, ihm zu sagen, daß ich in die Kneipe zurückgekehrt war, sie versperrt fand und dann die Flammen bemerkt, den Rauch gerochen und die Feuermeldung erstattet hatte.

Als ich aufgehört hatte, sah Captain Dalton mich an. »Das ist alles?« fragte er.

»Jawohl.«

Er sah auf ein Blatt. »Da gibt es noch zwei Punkte, über die Sie uns vielleicht aufklären könnten«, sagte er. »Laut Hendersons Niederschrift sind Sie nicht bis zur Kneipe gefahren, sondern haben in der Fuller Street, Block 300, geparkt. Warum?«

»Das hab ich Ihnen doch schon gesagt. Ich hatte etliches über den Durst getrunken und dachte, die Luft würde mir guttun.«

Er nickte. »Sie gingen also direkt zur Kneipe und fanden, daß sie schon geschlossen hatte?«

Ich nickte.

»Was haben Sie sich dabei gedacht? Wollten Sie wieder auf dem kürzesten Weg nach Hause fahren und die Kneipe am nächsten Morgen anrufen?«

Wieder nickte ich.

»So, so.« Captain Dalton biß auf den Pfeifenstiel. »Wissen Sie genau, daß das alles gewesen ist, was Sie vorhatten?«

»Natürlich. Was hätte ich denn sonst noch vorhaben sollen?«

»Das frag ich Sie ja.« Dalton stand auf. Er war ein kleiner Mann, aber im Augenblick wirkte er ziemlich groß. »Wenn Sie nämlich nach Hause gewollt hätten, dann wären Sie doch wieder zum Auto gegangen, nicht wahr? Und das stand in der entgegengesetzten Richtung vom Bethaus der Weißen Bruderschaft. Sie aber sind nicht zurückgegangen, sondern vorwärts. Es kann nicht anders gewesen sein, weil wir Sie an der Ecke aufgelesen haben, nachdem die Feuermeldung durchgegeben worden war.«

»Ich habe die Flammen gesehen«, sagte ich. »Und den Qualm gespürt.«

Er starrte mich unverwandt an. »Um wieviel Uhr?«

»Ich habe nicht nachgesehen. Ich hatte getrunken, Sie wissen doch, wie das ist.«

»Das weiß ich eben nicht; und ich möchte, daß Sie mir das erklären.« Er wandte sich ab. »Haben Sie Ihrer Meinung nach den Feuermelder sofort betätigt?«

»Natürlich. Was denn wohl sonst?«

Er antwortete mir nicht direkt, sondern richtete jetzt seine Worte an die Mauer. »Falls Sie das Alarmgerät unverzüglich betätigt haben, dann muß sich jemand geirrt haben.«

»Was meinen Sie damit?«

»Das Alarmsignal kam genau um ein Uhr fünfzehn. Das ist nachgewiesen. Sie sagen, daß Sie von der Kneipe direkt zum Feuermelder gegangen sind, weil Sie den Qualm gerochen und die Flammen gesehen haben. Stimmt das?«

»Ja.«

»Wie lange geht man Ihrer Schätzung nach von der Kneipe zum Feuermelder?«

»Drei Minuten. Vielleicht auch weniger.«

Wieder starrte er mich an. »Drei Minuten. Vielleicht auch weniger.« Jetzt richtete sich sein Pfeifenstiel direkt auf meine Augen. »Ihrem eigenen Bericht zufolge müssen Sie etwa zehn nach eins an der Kneipentür gerüttelt haben. Um elf oder zwölf nach eins sahen Sie die Straße entlang und bemerkten die Flammen. Aus den vorderen Fenstern im Stockwerk, sagen Sie.«

»Das stimmt.«

Captain Dalton ging zur Nebentür und öffnete sie. Er rief ins Nebenzimmer: »Holen Sie Shelby doch mal einen Augenblick herein.«

Ein Detektiv trat ein. Hinter ihm kam ein Mann mit Brille, einer Mütze, wie die Taxifahrer sie tragen, und einer Lederweste.

»Sie sind Mr. Shelby?« fragte der Captain.

»Ja, Vick Shelby ist mein Name.«

»Ich heiße Dalton. Ich habe Ihre Aussage gelesen.«

Der Taxifahrer verlegte sein Gewicht vom rechten Bein aufs linke. »Na und? Ich habe Ihnen alles gesagt, was ich weiß. Hören Sie, ich muß weg, ich muß mich in der Zentrale melden –«

»Sie können sofort gehen. Zuerst aber wiederholen Sie Ihre Aussage vor mir, damit ich sie mit eigenen Ohren hören kann. Sie sagen, daß Sie zehn Minuten nach eins über die Mason Avenue gefahren sind?«

»Jawohl. Genau zehn nach bin ich von der Clayborne Street eingebogen. Das weiß ich deshalb so genau, weil man mir per Funk eine neue Fuhre gemeldet hat. Um ein Uhr dreißig draußen am Flugplatz. Ich rufe zurück und bestätige den Auftrag; dabei muß man immer melden, um welche Zeit man den Auftrag gekriegt hat. Ich sage also ein Uhr zehn. Verstehen Sie? Dann fahre ich in südlicher Richtung die Mason Avenue lang, wie ich gesagt habe.«

»Rekapitulieren wir also. Wenn ich nicht irre, liegt Clayborne etwa eine Meile nördlich vom Bethaus der Weißen Bruderschaft. Richtig?«

»Vierzehn Häuserblocks, an der Straße des Christlichen Vereins Junger Männer.«

»Damit waren Sie also ungefähr um ein Uhr zwölf oder dreizehn vor dem Bethaus?«

»Hm.«

»Haben Sie Feuer gesehen, als Sie vorbeigefahren sind?«

»Nein.«

»Rauch gerochen?«

»Nein.« Vick Shelby wechselte vom linken Standbein wieder auf das rechte. »Habe ich Ihnen denn nicht schon gesagt, daß ich angehalten und den Feuermelder eingeschlagen hätte, wenn ich was gesehen hätte? Was wollen Sie denn überhaupt von mir? Wollen Sie mir in die Schuhe schieben, daß ich das Haus angezündet habe?«

»Unsinn.« Captain Dalton war die Freundlichkeit selbst. Kein einziges Mal richtete er seine Pfeife auf Vick. »Nur noch eins. Haben Sie im Fahren zufällig im Block vor dem Bethaus jemanden auf der linken Straßenseite gehen oder laufen sehen?«

»Keinen Menschen«, sagte der Taxifahrer. »Es war niemand auf der Straße.«

»Sie haben auch keinen Mann vor dem Feuermelder an der Ecke gesehen?«

»Nein.«

Dalton zeigte wieder auf mich. »Sind Sie ganz sicher, daß Sie *diesen* Mann nicht gesehen haben?«

»Den habe ich noch nie im Leben gesehen.«

»Gut, Mr. Shelby. Sie können jetzt gehen. Und vielen Dank. Wenn wir Sie noch mal brauchen, werden wir Sie verständigen.«

»Okay.« Und draußen war er.

Und ich blieb sitzen, und der Pfeifenstiel zeigte auf mich.

»Sie haben das Taxi doch nicht vorbeifahren sehen, oder?«

»Natürlich nicht, sonst hätte ich es ja erwähnt. Ich habe Ihnen alles gesagt, was ich weiß.«

»Tatsächlich?« Dalton setzte sich wieder hin. Ich merkte, daß er ein bißchen zu schwitzen anfing; aber das war mir egal. Ich war nämlich selbst klatschnaß.

»Tatsächlich?« wiederholte Dalton. »Sie sagen, daß Sie um ein Uhr zehn oder kurz danach bei der Kneipe gewesen sind. Dann gingen Sie die Mason Street entlang, die Sie sofort überquerten, weil Sie um ein Uhr zwölf oder dreizehn Flammen sahen. Der Taxifahrer hat um diese Zeit aber keine Flammen bemerkt. Und Sie hat er auch nicht gesehen.«

»Daran kann ich doch nichts ändern«, sagte ich. »Vielleicht stand ich im Schatten. Vielleicht gab es eine Explosion, und das Feuer ist ganz plötzlich ausgebrochen. Ich hätte nicht eine Sekunde mit dem Feueralarm gezögert.«

»Wirklich nicht, Mr. Dempster?«

»Augenblick mal, was soll denn das? Glauben Sie etwa, *ich* hätte den Brand gelegt?« Meine Stimme klang genau wie die des Taxifahrers.

»Ich denke gar nichts.« Er seufzte. »Ich habe nicht mal gesagt, daß es sich um Brand*legung* handelt. Es kann auch eine Selbstentzündung vorliegen. Um das zu ermitteln, sind wir ja hier. Das Haus war nämlich nicht versichert. Wenn der Fall das Nationalkomitee für Brandverhütung etwas anginge, dann würde man Ihnen bedeutend peinlichere Fragen stellen.«

»Hören Sie mal«, sagte ich. »Ich habe Ihnen alles gesagt, was ich weiß. Und ich habe Ihnen auch gesagt, daß ich einen sitzen hatte. Da erinnert man sich nicht immer an Einzelheiten. Vielleicht war ich auch schon früher da und bin eine Zeitlang herumgewandert. Aber die Flammen habe ich gesehen; und die Feuermeldung hab ich auch erstattet. Seit wann ist es ein Verbrechen, Feueralarm zu schlagen?« Ich stand auf. »Seit wann ist es ein Verbrechen, den Wagen weiter hinten abzustellen und den Rest zu Fuß zu laufen? Ich habe das Haus nicht angezündet. Warum wohl auch? Ich bin in meinem Leben noch nie dort gewesen. Überlegen Sie doch mal; das ist doch unsinnig!«

»Alles ist unsinnig«, belehrte mich Dalton. »Sie haben die Absicht, einer Versammlung beizuwohnen, gehen aber nicht hin. Sie lernen ein Mädchen kennen und betrinken sich mit ihr. Sie wissen, wie sie heißt, aber nicht, wo sie wohnt. Sie bringt Sie nach Hause, aber Sie fahren selbst zurück, weil Sie Ihr Notizbuch vergessen haben. Bloß fahren Sie nicht die ganze Strecke. Sie parken Ihren Wagen weiter unten und gehen zu Fuß. Sie behaupten, das alles hätte sich knapp vor Ausbruch des Feuers abgespielt. Aber es hätte doch auch bedeutend früher sein können? Angenommen, Sie sind um zwölf Uhr dreißig statt zehn nach eins zurückgekommen, und Sie –«

»Warum?« Ich brüllte ihn beinahe an. »Das beantworten zur Abwechslung Sie mir mal! Aus welchem Grund? Ein Verbrechen muß doch ein Motiv haben.«

Dalton klopfte mit seiner Pfeife auf den Schreibtisch und schüttelte den Kopf. »Das ist es ja«, murmelte er. Seine Stimme klang leise und nachdenklich. »Brandlegung, ja. Dafür gibt es waggonweise Motive. Das Hauptmotiv ist natürlich die Versicherung. Dann gibt es den Racheakt; der entlassene Angestellte brennt die Fabrik nieder, weil er wütend auf den Chef ist. Eifersucht ist auch ein Motiv; und manchmal soll ein Brand nur einen Mord tarnen. Es gibt eine ganze Menge solcher Motive. Nicht alle davon erscheinen uns normal und vernünftig, aber wir können sie verstehen. Angst haben wir nur vor der anderen Sorte; vor Fällen, wo kein Motiv und kein Sinn zu erkennen ist. Der Brandstifter hat keine Begründung für seine Tat; jedenfalls keine, die er begreift. Stimmen drängen ihn dazu, Feuer zu legen; oder er sieht es einfach gern, wie es brennt, oder es macht ihm Vergnügen, zu beobachten, wie die Feuerwehr angebraust kommt; vielleicht stürzt er sich sogar selbst in die Flammen und spielt den Helden. Oft erfaßt so ein Mensch gar nicht, was er getan hat. Das Erlebnis scheint völlig aus seinem Bewußtsein verdrängt zu sein.«

»Klingt reichlich verrückt«, sagte ich.

»Das ist es auch.« Dalton stopfte seine Pfeife. »Es gibt auch eine Bezeichnung dafür. Man nennt das Pyromanie – Brandstiftungstrieb.«

»Das können Sie mir doch nicht anhängen«, flüsterte ich. Ich flüsterte, weil ich Angst hatte. »Sie haben selbst gesagt, daß Sie nicht einmal wissen, ob der Brand gelegt worden ist. Wenn Sie mich einsperren wollen, bestehe ich auf meinem Recht, einen Anwalt zu bestellen. Aber ich habe Ihnen die Wahrheit gesagt. Sie können sich davon bei Ed Cronin überzeugen, und bei diesem Mädchen …«

Die Tür öffnete sich, und der Detektiv, der den Taxifahrer vorgeführt hatte, steckte den Kopf herein.

»Das Mädchen ist da«, sagte er.

Dalton sah ihn stirnrunzelnd an; dann stand er auf. »Komme gleich zu Ihnen«, sagte er. Und dann zu mir: »Sie bleiben und warten hier auf mich.«

Und ich saß auf meinem Stuhl und beobachtete das aufziehende Morgenrot. Das schöne, schöne Morgenrot. Es stieg empor wie Feuer.

Dann schloß ich die Augen. *Pyromanie. Manchmal erfaßt man nicht einmal, was man getan hat. Wie lange war ich herumgeirrt, und wo war ich hingegangen? Verbrennen. Diese verbrannte Fratze. –*

Was war da draußen los? Was fragte er Diana Rideaux? Welche Antworten gab sie ihm?

Ich weiß nicht, ob er fünf Minuten oder fünf Stunden wegblieb. Die Sonne schien mir in die Augen, als er wieder ins Zimmer kam. Der Detektiv begleitete ihn.

»Geht in Ordnung, Dempster«, sagte er. »Sie dürfen jetzt nach Hause gehen. Aber verlassen Sie die Stadt nicht. Vielleicht müssen wir Sie noch mal vorladen.«

Ich stand auf und nickte. »Wo ist Miss Rideaux?« fragte ich.

»Soeben gegangen. Aber es ist alles in Ordnung. Ihre Darstellung reißt Sie heraus. Sie sagt, sie hätte sich nicht vor eins von Ihnen verabschiedet. Ihr Glück, daß sie hier war.«

Ich konnte kaum noch stehen. Meine Füße waren eingeschlafen. Captain Dalton kam zu mir. »Fühlen Sie sich auch wohl?«

»Ja, alles bestens.«

»Tut mir leid, daß ich Sie so hart angefaßt habe. Aber bei meinem Beruf muß man mit allem rechnen. Ich habe schon die sonderbarsten Fälle erlebt. Es gibt nichts Verrückteres als einen Brandstifter.«

»Verstehe schon.« Ich wandte mich zum Gehen. Der Detektiv legte mir die Hand auf den Arm.

»Wollen Sie hinten rausgehen?« fragte er. »Vorne warten die Reporter.«

Ich nickte dankbar.

»Ich lasse Sie von einem unserer Fahrer nach Hause bringen«, sagte er. »Es muß kein Vergnügen für Sie gewesen sein.« Er fischte in seiner Tasche nach einem Päckchen Zigaretten. »Da, wollen Sie eine?«

»Nein, danke«, antwortete ich. »Ich habe mir das Rauchen abgewöhnt.«

5

Ich hätte jetzt gern geschlafen, aber dazu war keine Zeit. Zuerst fuhr ich mit einem Taxi in Joes Kneipe. Sie war jetzt geöffnet; Joe stand hinter der Theke.

Mein Notizbuch war auch da.

»Ich habe es bemerkt, als ich die Gläser abgeräumt habe«, sagte er. »Da war es aber schon zu spät, Sie zurückzurufen. Ich dachte, Sie würden schon wiederkommen.«

»Danke«, sagte ich.

»Ein Detektiv war hier und hat danach gefragt. Ich glaube, er hat es sich angesehen, aber nur flüchtig. Hat es etwas mit dem Feuer zu tun?«

»Haben Sie es denn nicht gelesen?«

Joe wies auf die überfüllte Bar. »Wer hat bei diesem Geschäft schon Zeit zum Lesen? Außerdem gehörte es mir nicht.«

Seinen ersten Grund erkannte ich an. Die Bar schien am Vormittag Stoßbetrieb zu haben. Die Straße davor übrigens auch. Viel Verkehr, viele Neugierige und viele, die sensationslüstern die immer noch rauchenden Trümmer begafften. Feuer interessierte die Menschen immer. Warum?

»Im Ernst«, sagte Joe, »haben Sie etwas mit dem Feuer zu tun?«

»Klar«, antwortete ich. »Ich habe es gelegt.«

»Ah –«

»Vielen Dank wegen meines Notizbuches. Sollten Sie jetzt nicht besser nach Ihren Gästen sehen?«

»Die fertigt Ma alle ab.« Er beugte sich über die Theke. »Sie haben gesehen, wie es gebrannt hat, wie?«

»Nein. Ich war zu Hause.«

»Mensch, das war was! Die Flammen müssen zehn Meter hoch geschossen sein. Fünf Feuerlöschwagen waren im Einsatz. Die ganze Umgebung war mit Seilen abgesperrt. Die wollten uns nicht in die Nähe lassen. Ma und ich, wir haben vom oberen Fenster zugesehen. Man spürte die Hitze bis hierher.«

Ich drängte mich von der Theke weg und versuchte, ihm zu entgehen.

»Sie haben doch von Peabody gehört, hm? Ihn und

drei andere hat's erwischt. Huch, das muß eine gräßliche Todesart sein...«

Es war unerträglich. Ich mußte ihn zum Schweigen bringen.

»Haben Sie Peabody gekannt?« fragte ich.

»Den? Nein. Der ist nie bei uns gewesen. Hat nicht mal ein Glas Bier getrunken. Keiner von denen hat sich hier blicken lassen. Wenn Sie mich fragen, lauter Fanatiker. Schenken ihr ganzes Geld der Bruderschaft. Ein Bombengeschäft. Wie können die Menschen nur so verrückt sein?«

Ich schüttelte den Kopf. Ich wußte nicht, was die Menschen so verrückt machen konnte. Gestern hatte ich mir noch eingebildet, es zu wissen; aber heute war ich mir nicht mehr so sicher. Ich wußte nicht mehr genau, was man damit meint, wenn man jemanden verrückt nannte. Bedeutete es, daß man Feuer legen oder Feuersbrünste beobachten wollte – oder bedeutete es, daß man sich vor dem Feuer fürchtete? Traf das letztere zu, dann waren wir alle verrückt.

»Tut mir leid«, sagte ich. »Ich muß jetzt weg. Mein Wagen parkt weiter vorn.«

Er öffnete den Mund, aber ich öffnete die Tür. Und wieder wandte ich mich in die verkehrte Richtung.

Ich *mußte* es sehen, ehe ich fortging.

Die Brandstelle selbst war noch immer abgesperrt, und die Feuerwehr war nicht zu übersehen. Ihre Autos und Leute wimmelten nur so umher.

Ganze Häuserblocks lang parkten die Autos an den Gehsteigborden, und eine große Menschenmenge drängte sich hinter den Sperrseilen. Polizisten gingen auf und ab, befahlen den Neugierigen, zurückzutreten, weiterzugehen. Aber sie grinsten dabei, und die Menge grinste zurück.

Es herrschte eine richtige Festtagsstimmung. Zwar spürte ich nirgends sorglose Heiterkeit, aber dafür fühlte ich die allgemeine prickelnde Erregung. Ich zwängte mich bis zum Seil durch; rund um mich grinsten und gafften die Menschen.

Ich starrte auch, aber ich grinste nicht. Das ausgebrannte Gerüst des Bethauses war noch vorhanden, obwohl weiter hinten zwei Mauern beinahe bis zu den Grundfesten eingestürzt waren. Das Dach existierte natürlich nicht mehr, aber die Fassade stand. Die leeren Fenster sahen wie blinde Augen aus, die offene Haustür wie ein verbrannter Mund, aus dem der Gestank verbrennender Fäulnis drang. Trümmer von Putzträgern und Putz hingen wie fettiges Haar vor den leeren Fensterhöhlen. Die halbe Straßenlänge war mit dem Schutt des eingestürzten Daches übersät, und Stühle und Papier und halbverbrannte Gesangbücher waren aus dem brennenden Haus gepustet worden wie Staub. Dann fiel mein Blick auf etwas anderes, das auf der Straße lag, und beinahe hätte ich mein Essen wieder von mir gegeben. Es war ein altes Haus gewesen, und es hatte mehr als seinen zumutbaren Anteil an tierischem Leben beherbergt, dem es gelingt, eine Symbiose mit der Großstadt zu bilden. Kleine Spinnen und Käfer waren vermutlich wie Papier in einem Hochofen zerstoben. Dann war ein kleines Heer pfeifender, brennender Ratten um ihr Leben gerannt; aber weiter als bis zur Straße waren sie nicht gekommen. Ich fing an zu zittern. Menschen verbrannten bestimmt ebenso leicht.

Feuerwehrleute stocherten in den Überresten; einer, der

an der Ecke stand, zielte mit einem Wasserschlauch genau auf die Kellerstiege.

Das war die Stelle, wo die Flammen gelebt hatten; wo die Menschen gestorben waren.

Und die Menge genoß das Schauspiel. Die Empfindungen standen den Menschen deutlich in die Gesichter geschrieben. Ich wußte, wie ihnen insgeheim zumute war. Die Menge genoß das Schauspiel.

Das waren die Gesichter, die im roten Widerschein eines brennenden Roms aufgeleuchtet hatten. Die Gesichter, die schadenfroh funkelten, wenn die Fackeln die Scheiterhaufen der Märtyrer entzündeten. In ihren Augen las ich den Strick, sah den Scheiterhaufen, die Lust zum Lynchen und die Gier, niederzubrennen. Das war der Pöbel; für den Pöbel ist jede Qual eine Augenweide, jede Zerstörung ein Genuß.

Natürlich sprachen sie davon, wie entsetzlich es gewesen sei. So reden sie immer; wie alte Weiber bei einem Begräbnis. Aber die alten Weiber gehen jeden Tag zu Begräbnissen, und der Pöbel drängelt sich zum Schauplatz von Katastrophen und weidet sich daran. Vollgegessen am Entsetzen, sagte Shakespeare, wenn ich nicht irre.

Und das geschah ständig; auf der ganzen Welt. Die Menschen haben die Bibliothek von Alexandrien niedergebrannt; sie haben Rom und Paris und London und Atlanta angezündet. Auch Chicago und San Francisco sind in Flammen aufgegangen. Und immer war der Pöbel zur Stelle. Er hat den Qualm genossen, als sei er Weihrauch, und die Brandopfer besichtigt. Welche finsteren Todesgötter verehrten sie? Da stand die Meute und sah die Flammen, die orange und rosig und blau und weiß loderten, fühlte die Wärme in den Gesichtern und machte oooh und aaah, wenn die Decke einstürzte oder eine Mauer zerbarst. Stumm und angewurzelt stand sie bei der Feuersbrunst und beobachtete mit stiller Schadenfreude die Feuerwehrleute; sie starrte ohne Mitleid oder Gefühl, wenn ein freiwilliger Helfer beiseite taumelte, um sich den Qualm aus den Lungen zu husten. Es spielte keine Rolle, ob die gierigen Flammen die unpersönliche Front der Nationalbank verschlangen oder Onkel Harrys Wäschegeschäft. Es gab kein Mitleid für den Besitzer; kein Mitleid für die Opfer. Nur ein Meer von schaurig funkelnden Augen, die ihre älteste Gottheit anbeteten. Ich wußte es. Ich *wußte* es. Unter den angeregten Worten – »Ich sehe immer aus dem Fenster, wenn ein Feuerlöschwagen vorbeifährt« und »Ich weiß nicht, was jedesmal in Tom fährt, wenn er die Sirene hört. Sofort wirft er sich in seinen Wagen und fährt hin« und »An einem Feuer ist etwas, das mich fasziniert« –, unter jedem Gemeinplatz, unter allen alltäglichen Worten verbarg sich ein Trieb. Eine flammende Sehnsucht nach einem flammenden Geschehen. Im Grund unseres Herzens sind wir alle Feueranbeter. Und wir genießen es, wenn wir einer Opferung beiwohnen können.

Feine Gedanken für den frühen Vormittag nach einer schlaflosen Nacht! Ich fröstelte, drehte mich um und versuchte, wieder zu meinem Auto zu kommen.

Es stand noch an seinem Platz. Ich hatte den Schlüssel in meiner Tasche stecken; die Bullen hatten es nicht abgeschleppt.

Ich fuhr zu meiner Wohnung und kaufte unterwegs ein paar Brötchen und ein Dutzend Eier. Ich machte mir mein Frühstück, rasierte und wusch mich.

Dann rief ich Cronin an.

»Hier Dempster. Haben Sie schon gehört, was gestern nacht passiert ist?«

»*Gehört?* Du liebe Zeit, die Nachrichten davon überschwemmen uns. Und wo haben Sie gesteckt? Warum haben Sie die Geschichte nicht telefonisch durchgegeben?«

»Das wissen Sie doch. Mittlerweile haben Sie sich bestimmt schon mit Dalton unterhalten.«

»Ja, ich weiß. Feine Sache. Im ersten Augenblick hatte ich schon Angst, Sie könnten etwas damit zu tun haben. Das wäre aber gar nicht gut gewesen für die Zeitung.«

»Ihre Rücksicht rührt mich zu Tränen«, sagte ich.

»Werden Sie nicht bissig, Dempster. Ich habe Ihnen doch schon eine Chance gegeben, und zwar eine riesengroße. Wir können Ihren Namen nicht aus dem Bericht heraushalten, weil Sie ja Feuermeldung gemacht haben. Aber dafür verschweigen wir, daß man Sie einvernommen hat, und schreiben auch nichts darüber, was Sie mit Ihrem Notizbuch vorhatten.« Er legte eine Pause ein. »Haben Sie es wieder?«

»Habe ich. Sie müssen sich also um den Ruf der Zeitung keine grauen Haare wachsen lassen.«

»Hol Sie der Teufel.« Cronin schwieg. Als er wieder redete, klang seine Stimme sehr ruhig. »Sind Sie bestimmt völlig auf dem Damm, Phil?«

»Natürlich. Müde bin ich, sonst nichts.«

Wieder folgte eine Pause. Und dann: »Phil, haben Sie mir sonst wirklich nichts zu sagen?«

»Nein. Ich hab Captain Dalton alles gesagt, was ich wußte.«

»Schön. Und was tun Sie jetzt?«

»Jetzt lege ich mich erst mal aufs Ohr. Bin müde. Aber ich bleibe in Verbindung mit Ihnen.«

»Tun Sie das.«

»In Ordnung.« Ich legte auf. Und dann legte ich mich aufs Ohr und schlief. Tief und traumlos, bis es dunkel war.

Ich stand auf, badete und dachte ans Abendessen. Beinahe schon spät genug. Beinahe Zeit, sie anzurufen.

Sie mußte neben dem Telefon gesessen und gewartet haben.

»Hallo!«

»Ach, Sie sind es. Wie geht es Ihnen?«

»Danke, gut.«

»Ich habe Sie heute nachmittag vom Büro aus angerufen. Aber es hat sich niemand gemeldet.«

»Ich habe geschlafen.«

»Müde?«

»Nicht mehr. Hungrig. Haben Sie schon gegessen?«

»Nein.«

»Ich bin in fünfzehn Minuten bei Ihnen.«

»Ich –«

»Wollen Sie sich zieren?«

»Sagen wir in zwanzig Minuten. Ich muß mich noch umziehen.«

Ich ließ ihr eine halbe Stunde Zeit, ehe ich vor dem Haus parkte. Es war ein ehemaliges Zweifamilienhaus, das zu vier Wohnungen umgebaut worden war. Mein Mädchen wohnte im Obergeschoß.

Mein Mädchen. Na ja.

Sie begrüßte mich jedenfalls an der Tür, als sei sie mein Mädchen. Heute trug sie ein grünes Kleid, das zu ihren Augen paßte und ihr Haar wunderbar unterstrich. Es unterstrich auch sonst noch einiges. An ihr und in mir.

»Sie sehen gut aus«, sagte sie. »Kein Mensch sieht Ihnen

an, was Sie hinter sich haben –« Sie biß sich verlegen auf die Lippen. »Verzeihen Sie.«

»Schon gut.«

»Möchten Sie etwas trinken?«

Ich schüttelte den Kopf. »Im Augenblick trinke ich nicht. Ich rauche auch nicht mehr, die letzte Nacht scheint mich von sämtlichen Lastern geheilt zu haben.«

»Tatsächlich?«

»Von den meisten jedenfalls. Aber das Essen habe ich mir noch nicht abgewöhnt.«

»Wunderbar. Ich hole nur noch meinen Hut. Wo gehen wir hin?«

»Ich habe an das ›Château‹ gedacht; einverstanden?«

»Das hätten Sie mir früher sagen sollen. Dafür bin ich nicht angezogen.«

»Und ob. Sie sehen doch wunderbar aus. Obwohl man Sie so unsanft aus dem Bett geholt hat. Tut mir leid, daß Sie in diese Sache verwickelt wurden.«

»Mir nicht.« Diana sah mich an, als meinte sie es ehrlich. »Die Polizei hat geglaubt, Sie hätten das Feuer gelegt, nicht wahr?«

»Sieht ganz danach aus. Aber Ihr Alibi hat mich reingewaschen. Das war sehr nett von Ihnen.«

»Sie müssen mir dafür nicht danken. Ich habe nur die Wahrheit gesagt.«

»Aber –« Ich zögerte. »Sie haben sich doch gar nicht um eins von mir verabschiedet.«

»Nein? Es muß aber ungefähr eins gewesen sein, als ich in den Autobus gestiegen bin. Vielleicht haben auch noch fünf oder zehn Minuten gefehlt, das ist möglich. Hätte ich bei der Polizei sagen sollen, daß es früher gewesen ist?«

»Auf keinen Fall«, antwortete ich. »Ein Uhr war prima.

Damit haben Sie mir das Leben gerettet. Ich könnte Sie umarmen, Süße.«

Ich trat mit der ernsten Absicht auf sie zu, meine Worte zu verwirklichen.

Diana wich mit entsetzt aufgerissenen Augen zurück.

»Phil«, flüsterte sie. »Habe ich Sie richtig verstanden? *Haben* Sie den Brand gelegt?«

»Natürlich nicht!« Es gefiel mir gar nicht, daß sie so von mir abrückte, aber wenigstens nannte sie mich jetzt »Phil«.

»Es gibt überhaupt keinen Hinweis darauf, daß es sich um eine Brandstiftung handelt.«

»Doch«, widersprach sie. »Haben Sie die Zeitungen nicht gelesen? Der Brandmeister hat heute mittag eine Erklärung abgegeben. Man weiß schon, wie das Feuer entstanden ist. Jemand muß durch das Kellerfenster eingestiegen sein; eine Kanne Petroleum ist über die dort eingelagerten Kohlen und über die Treppe gegossen worden. Dadurch gab es für die Menschen im ersten Stockwerk keine Rettung mehr. Die Flammen schlugen von der Treppe hoch.«

»Woher weiß man das?«

»Vermutlich hat die Polizei die weggeworfene leere Kanne gefunden. Jedenfalls steht das in der Zeitung.« Sie gab mir den »Globus«. »Lesen Sie selbst. Ich hole mir inzwischen meinen Hut.«

Ich las den Artikel. Cronin hatte gute Arbeit geleistet. Mein Name war zwar genannt, aber ich erschien nur als zufälliger Passant, der die Feuermeldung erstattet hatte. Die Aussage des Taxifahrers fehlte ganz.

Auch Dalton spielte in dem Artikel keine große Rolle. Die Hauptpersonen waren der Brandmeister und der Leiter der Feuerwehr. Beide vermuteten Brandstiftung. Verschiedene derzeitige und frühere Mitglieder der Weißen Bruderschaft wurden noch vernommen. Natürlich vermied der Brandmeister jede verbindliche Behauptung. Sein Bericht beschränkte sich auf eine Reihe von »Hinweisen, die uns zu der Vermutung führen« und »offenbar« und »es scheint, daß...« Aber es konnte gar kein Zweifel mehr bestehen. Und die Ermittlungen hatten schon angefangen.

Den Artikel auf der zweiten Seite über die Weiße Bruderschaft und Amos Peabody schenkte ich mir. Er enthielt alles, was ich hatte schreiben wollen. Jetzt war meine Chance vorbei. In Rauch aufgegangen.

Aber das war nicht wesentlich. Wesentlich war nur, wie das Feuer begonnen hatte. Durch ein offenes Kellerfenster einzusteigen und dort unten eine sehr zweckmäßige Petroleumkanne zu finden, das war leicht. So was findet man in fast jedem Keller; wenn nicht Petroleum, dann Heizöl oder ein flüssiges Putzmittel, ein paar alte Lumpen, Papier. Selbst Holz genügte. Holz und Zeitungspapier. Es gibt tausend Möglichkeiten, Feuer zu legen. Und es läßt sich unheimlich schnell legen. Zuerst in den Keller, dann die Treppe hoch, dann wieder ins Freie. Das dauert höchstens fünf bis zehn Minuten. Das reichte bequem.

Bei dieser Überlegung hätte ich mir gern ein Glas eingeschenkt. Ehe ich aber etwas Unüberlegtes tun konnte, kam Diana ins Zimmer zurück. Sie hatte den Hut auf dem Kopf und eine Handtasche bei sich.

»Brauche ich einen Mantel?« fragte sie.

»Nein. Es ist noch sehr warm. Fast wie im Sommer. Jetzt wäre ein offener Wagen angenehm.«

»Muß aber nicht sein.« Sie lächelte. »Ich bin noch nie im ›Château‹ gewesen. Woher haben Sie gewußt, daß ich gern mal dahin gehen wollte?«

»Hellseherei«, antwortete ich.

Bloß stimmte das nicht. Als Hellseher wäre ich fünfzig Meilen in die entgegengesetzte Richtung gefahren.

Oh, es sah sehr verlockend aus, als wir ankamen; die Auswahl war groß, die Bedienung erstklassig und das Essen ausgezeichnet. Aber ich konnte nichts essen. Nicht, als die Kellner mit der Balkanplatte in den Speisesaal kamen. Irgendwelche grauenhafte Feinschmecker am Nebentisch hatten sie bestellt. Und die Balkanplatte wurde auf einem brennenden Schwert serviert.

»Was haben Sie denn?«

Ich zeigte es ihr. Sie starrte die blauen und roten Flammen an. Ich wandte den Blick ab, sah quer durch den Saal und bemerkte eben einen Kellner mit einem Servierwagen, auf dem *Crêpes Suzettes* aufgetischt waren.

»Stört Sie das?«

Ich schüttelte den Kopf. Und ich bemühte mich, mir selbst zu glauben. Was war nur mit mir los? Entwickelte ich einen Verfolgungskomplex? Oder gar etwas Schlimmeres? Einen Schuldkomplex vielleicht? Ich mußte mich zusammenreißen.

Und wenn jetzt noch einer »Smoke gets in your eyes« spielt, werde ich dann aufstehen und weglaufen?

»Mir fehlt gar nichts«, sagte ich. Und ich hatte mich auch sehr schnell wieder in der Gewalt; aber Appetit hatte ich nicht. Das Steak war gut; es war ausgezeichnet zubereitet – auf der einen Seite leicht angebrutzelt. So mag ich es gern.

Trotzdem war das Abendessen eine Qual. Obwohl sie da war; sie lächelte mir zu, und die kupferfarbenen Löckchen sahen aus wie hüpfende Flammen.

Hör auf!

Ich zwang mich zum Reden und fragte sie nach allem, was ich wissen wollte. Und sie antwortete mir auch; aber die halbe Zeit hörte ich ihr gar nicht zu.

Ich erinnere mich bloß, daß ihre Leute in Ohio wohnen, daß sie dort zur Welt gekommen ist, daß ihre Mutter geschieden war und daß Diana nach der Wiederverheiratung ihrer Mutter hierhergezogen war, um ihre Schule zu beenden. Jetzt arbeitete sie bei einem Arzt als Sekretärin.

Ich heuchelte Aufmerksamkeit und Interesse. Unter normalen Umständen hätte ich gar nicht zu heucheln brauchen; aber heute war nichts normal. Mich verfolgten rote Flammen und blaue Flammen, und ständig quälte ich mich mit dem Versuch, mich daran zu erinnern, wo ich fünf oder zehn Minuten vor eins oder fünf bis zehn Minuten nach eins gewesen war. Mein Anzug hatte keinen Schmutzfleck; aber woher hätte der auch stammen sollen? Dann tranken wir Kaffee; der Kellner kam an unseren Tisch und wollte schon die Kerzen anzünden. Da stand ich dann sehr abrupt auf.

»Gehen wir«, sagte ich.

Sie sah mich an; dann stand sie auch auf. Im Gehen hakte sie sich bei mir unter. »Armer Phil«, sagte sie. »Völlig durcheinander. Ein Whisky wäre jetzt bestimmt keine schlechte Idee.«

»Aber nur ein Glas.«

Wir hielten draußen an der Bar an, und ich trank einen Whisky. Fünf Minuten später waren wir wieder draußen. Die Nacht war warm, aber vom See her wehte ein leichtes Lüftchen.

»Kommen Sie«, sagte ich, »wir wollen ein bißchen spazierenfahren.«

Das taten wir denn auch. Wir redeten nicht viel dabei.

Schließlich landeten wir am See; nicht am öffentlichen Strand, sondern etwas weiter oben an einer kleinen Stelle, die ich kannte. Wir mußten durch die Büsche gehen, aber wir zwängten uns durch. Ich hatte eine Autodecke mit.

Unten am Wasser war es angenehm und friedlich. Ich breitete die Decke aus, und wir legten uns hin. Bei unserem Telefongespräch hatte ich ihr im Spaß vorgeworfen, daß sie sich ziere, aber diese Bemerkung war offenbar überflüssig gewesen. Sie war überhaupt nicht der zimperliche Typ.

Sie sträubte sich nicht, wie ich erwartet hatte, als wir zum Ufer gingen. Sie war so ungefähr die reizvollste Person, die mir jemals untergekommen war; aber immerhin war das erst unser zweites Treffen, und ich bin kein abgebrühter Schürzenjäger. Vielleicht hatte ich gedacht, wir könnten ein Weilchen rasten und plaudern, uns eventuell an den Händen halten und küssen. Das hätte mir schon genügt.

Aber sie rastete nicht, und sie plauderte auch nicht. Und ihre Hand tastete nach meiner, ihre Lippen näherten sich meinem Mund, und sie boten sich nicht an, sie fielen über mich her. Ihr Mund war die Gier selbst; er saugte sich an meinem fest. Ihr Mund, ihr Körper und ihre Hände bewegten sich, und ich wußte, daß ich mich jetzt damit nicht mehr zufriedengeben konnte. Dann bewegte ich mich, und sie erstarrte plötzlich; aber das fiel mir erst später auf. Bedeutend später, als ich mich aufsetzte und gewohnheitsmäßig die Hand in die Tasche steckte, um nach einer Zigarette zu suchen.

»Ich dachte, du rauchst nicht mehr«, flüsterte sie.

»Du hast mich kuriert«, sagte ich. »Von allem möglichen, Diana.«

»Da bin ich froh.«

Ich legte mich neben sie. »Wirklich? Ehrlich? Ich hab dir doch nicht weh getan, oder?«

»Du kannst mir nicht weh tun, Phil. Kein Mensch kann mir weh tun, Lieber. Heute nicht mehr.«

Ich rauchte. Die rote Spitze meiner Zigarette glühte wie ein Leuchtturm. Sollte das eine Warnung sein? Ich wußte es nicht, und ich konnte auch die Frage nicht unterdrücken.

»Was willst du damit sagen? Hat es einen Mann in deinem Leben gegeben, der versucht hat –?«

Sie drückte ihren Mund gegen meine Brust; sie lachte an meinem Herzen. »Einen Mann? Ach, Phil, warum soll ich dir nicht die Wahrheit sagen. Es hat eine ganze Reihe von Männern gegeben. Und ob!«

»Erzähle.«

»Warum?«

»Du weißt verdammt genau, warum.«

»Nein.«

»Du willst wohl, daß ich es erst ausspreche, wie?«

»Was denn?«

»Daß ich dich liebe.«

»Liebst du mich denn wirklich?«

»Spürst du das nicht? Hast du gedacht, ich –?«

Wieder lachte sie. »Natürlich denke ich das. Jeder Mann hätte die Situation ausgenutzt. Ihr seid doch alle gleich. Ihr wollt immer dasselbe und schreckt vor keiner Beteuerung und keiner Tat zurück, um es zu bekommen. Und dann lauft ihr weg.«

»Ich aber nicht. Ich bin hier. Ich will bei dir bleiben.« Ich zog an meiner Zigarette und betrachtete das glühende Ende. »Und du bist verbittert, wenn du behauptest, alle

Männer seien gleich. Du weißt, daß das nicht stimmt. Gib es doch zu.«

»Mein Vater war anders«, murmelte sie. »Aber er war auch der einzige. Und was hat es ihm genützt? Meine Mutter wußte, wie sehr er sie geliebt hat, aber das war ihr egal. Sie hat ihn betrogen. Ich war noch ganz klein, da brachte sie schon die anderen Männer ins Haus. Es war ihr völlig egal, ob ich es wußte oder nicht, und ob ich sie sah. Er war ihr auch gleichgültig. Und als sie dem Mann begegnete, der ihr gefiel, ließ sie sich scheiden. *Sie* ließ sich scheiden, verstehst du? Sie zwang ihn noch, ihr Alimente zu bezahlen. Und jetzt betrügt sie meinen Stiefvater. Aber das geschieht ihm nur recht. Er bleibt ihr auch nichts schuldig. Einmal hat er sogar versucht, sich an mich heranzumachen. Deshalb bin ich von zu Hause ausgerückt.«

Ich fühlte, wie sich ihr Mund an meiner Brust bewegte und verzerrte.

»Nicht«, sagte ich. »Hör auf damit. Ich bin nicht so. Du wirst schon sehen.«

»Das sagen sie alle«, sagte sie. »Ach, nur keine Angst, ich mache dir keinen Vorwurf. Du bist ein Mann. Und ich kann dir nachfühlen, was in dir vorgeht. Aber wie hat meine Mutter sich so benehmen können? Genau wie ein Mann, verstehst du? Sie hat es gern getan.«

Die Erregung des Abends flaute plötzlich ab; mir wurde kalt. Diana schien sich vor meinen Augen zu verändern; sie wurde mir fremd, verzerrte sich und zerschmolz – wie in einem Film, den ich einmal gesehen habe. Da brach in einem Wachsfigurenkabinett ein Brand aus, und die Wachsfiguren wurden weich, bis die Gesichter zu scheußlichen Fratzen zerliefen.

»Tust du es denn nicht gern?«

»Nein. Ich finde es scheußlich.« Sie setzte sich auf. »Wenn du mich nicht gezwungen hättest –«

»Ich, dich gezwungen?« Ich tat einen tiefen Zug an meiner Zigarette. »Was redest du denn da?«

»Das weißt du doch ganz genau, Phil.«

»Nein. Ich weiß nur, daß ich dich liebe. Und nach deinem Verhalten zu urteilen, mußte ich glauben, daß du mich wiederliebst.«

»Das ist gelogen.«

Sie war aufgesprungen. Ich stand auch auf und warf die Zigarette weg.

»Nimm deine dreckigen Hände von mir!«

Jetzt waren also meine Hände dreckig. Warum? Ich hatte ihr nichts getan; trotzdem haßte sie mich. Das sah ich ihren blitzenden Augen an. Sie funkelte mich jetzt an, weil ich nach ihr gegriffen hatte. Ich drückte sie fest an mich.

Sie versuchte, sich loszureißen, und ich packte sie an den Handgelenken. Sie fühlten sich an wie Eis. Ihr ganzer Körper war kalt und erstarrt. Sie *war* Eis.

Und *ich* war plötzlich Feuer. Ich brannte; mein Mund vergrub sich in ihrem, meine Küsse waren wie Funkenregen, der eine Flamme auslösen wollte; meine Hände waren Zündstoff, mein Körper brannte.

Um mich wurde alles rot. Ihr kupferrotes Haar ringelte sich, brannte und glühte auf der Decke. Und ihr Körper war eine weiße Flamme, die sich in zitterndes Scharlachrot verwandelte. Das Feuer entzündete das Eis, und das war verrückt, weil Eis nicht brennt.

Aber es war alles verrückt, denn sie färbte sich rot, und alles rundum wurde rot. Es war verrückt, aber es war so.

Denn ich hatte den Kopf gehoben und sah Feuer. Richtiges Feuer, richtige Flammen. Das Unterholz brannte! Das Unterholz. Meine Zigarette!

Dann standen wir auf; sie starrte erst mich an und dann ins Feuer. Ihre Augen waren offen, ihr Mund stand weit offen, und der Schrei brach aus ihren Augen heraus und aus ihrer Kehle. Die Flammen waren wie tanzende Teufel, die über die Böschung hochkletterten. Sie drehte sich um und rannte an den Strand; dann stolperte sie das Ufer entlang. Ich stand wie angewurzelt da und rief: »Diana! Komm zurück – warte!«

Sie kam nicht zurück, und sie wartete nicht. Ich hieb mit der Decke ins Gehölz, streute Sand auf die Funken und trampelte dann wie von Sinnen auf die brennenden Zweige, um die Flammen zu ersticken.

Dann war es vorbei. Das Feuer war erloschen, und sie war weg. Ich kletterte keuchend die Böschung empor.

Ich startete den Motor und fuhr die Straße entlang. Ich dachte, ich würde sie vielleicht einholen, aber es gelang mir nicht. In diese Richtung konnte sie nicht gegangen sein. Dann fand ich eine Abzweigung, wendete und fuhr in die Gegenrichtung. Bis zur Hauptstraße waren es nur wenige Häuserblocks. Ich sah sie unterwegs nirgends. Bestimmt hatte sie sofort ein Autofahrer mitgenommen. Sie war per Anhalter aus meinem Leben verschwunden.

Plötzlich lag mir nichts mehr an ihr. Soll sie sich doch fortscheren, diese Diana Rideaux, mit ihren verdrehten Ansichten über die Männer und die Liebe. Nur gut, daß ich so schnell entdeckt hatte, wie verschroben sie war. Mit derart verrückten Menschen kann man nicht leben. Was hat die doch für eine krankhafte Einstellung!

Aber was war mit mir los? Warum hatte ich die Zigarette so achtlos weggeworfen? Bejahte ich im Unterbewußtsein, was ich getan hatte? Litt ich unter einer krankhaften Einstellung? Mit derart verrückten Menschen kann man nicht leben.

Wie sollte ich mit mir selbst leben?

Ich schob den Gedanken beiseite und zündete mir eine neue Zigarette an. Eigentlich hatte ich keine Lust zu rauchen, aber ich zwang mich dazu, um mir etwas damit zu beweisen. Daß ich mir nämlich etwas zusammenfaselte; daß jedem einmal ein Mißgeschick unterlaufen kann. Täglich entstehen irgendwo Waldbrände. Achtlose Raucher werfen Streichhölzer und brennende Zigarettenstummel weg. Quälten sie sich deshalb etwa mit Selbstvorwürfen, hielten sie sich deshalb schon für heimliche Brandstifter?

Beim Fahren wurde mir wohler. Ich stellte sogar das Autoradio an. Die Musik tat mir gut. Sie klang so besänftigend. Am Anfang zumindest. Dann begann sie zu kreischen und zu schrillen, und ich erkannte die Melodie. Ich war darüber so entsetzt, daß ich beim Versuch, das Radio abzustellen, beinahe die Drucktaste am Apparat einschlug.

Warum, zum Teufel, mußten die ausgerechnet jetzt den *Feuertanz* spielen?

6

Als ich am selben Abend vor meinem Haus vorfuhr, stand er auf dem Gehsteig; im ersten Augenblick hielt ich ihn für einen Harlekin, so weiß war sein Gesicht, so schwarz seine Augen, so rot seine Lippen. Dann parkte ich, überquerte die Straße und ging unter der Straßenlampe an ihm vorbei. Dabei bemerkte ich, daß der kleine Mann kein Hanswurst war. Die Masken von Komödie und Tragödie gleichen einander auf sonderbare Weise. Das Gesicht dieses Menschen war unnatürlich blaß; seine Augen lagen in tiefen Höhlen, unter die die Erschöpfung schwarze Ringe gezeichnet hatte. Seine Lippen waren so rot, weil sie aufgebissen waren.

Ich konnte den Blick nicht von ihm wenden, als ich das Haustor aufsperren wollte, und er erwiderte ihn.

»Suchen Sie jemanden?« fragte ich.

»Ich warte bloß, Bruder.«

Ich trat ins Haus und ging zu meiner Wohnungstür. Dann endlich tauchte ich eben lange genug aus dem Nebel von Hirngespinsten und Feuer und Ängsten auf, um zu erfassen, was er gesagt hatte. *Bruder*. Der kleine Mann war ein Sektierer.

Der Schlüssel steckte schon im Schloß, aber ich riß ihn wieder heraus. Ich machte kehrt, lief die Treppe hinunter und zum Haustor hinaus.

Aber der Gehsteig war leer. Der Fremde mit den blutenden Lippen war verschwunden.

Ich sah nach rechts und nach links. Kein Mensch war zu sehen. Er hatte sich in Luft aufgelöst. Worauf hatte er gewartet?

Ich rannte zu meiner Wohnung hinauf und nahm dabei zwei Stufen auf einmal. Hastig zog ich den Schlüssel aus der Tasche, schloß die Tür auf, knipste das Licht an. Dann erst atmete ich erleichtert auf. Wer er auch sein mochte, hier war er nicht gewesen. In meiner Wohnung hatte sich nichts verändert.

Für meinen Geschmack gab es zu viel Unverständliches. Zuerst ein Feuer. Dann noch eins. Ein Mädchen, das sich vor mir fürchtet. Und einer hatte Angst vor mir; ich selbst.

Und dann noch der kleine Mann mit dem blassen Gesicht. Natürlich konnte das ein Zufall sein. Sicher. Der lange Arm des Zufalls hatte ihn vor mein Haus gestellt.

Aber der lange Arm des Zufalls endete in einer Kralle, und ich fühlte, wie sie sich in meine Kehle bohrte. Das Bethaus war in Flammen aufgegangen; man schien anzunehmen, daß es trotz des langen, trockenen Sommers nicht von selbst Feuer gefangen hatte. Jemand hatte es angezündet. Jemand hatte Amos Peabody zu seinem wohlverdienten Lohn verholfen, auf den Peabody unter diesen Umständen bestimmt gerne verzichtet hätte. Und ich war nicht bloß ein unbeteiligter Zuschauer. Erstens war ich bei der Brandstelle gewesen. Zweitens schrieb ich eine Artikelserie über Sekten. Vielleicht mißfiel das jemandem. Vielleicht sah mich jemand in eben diesem Augenblick vor seinem geistigen Auge als Grillhuhn.

Ich fand das gar nicht lustig. Immer wenn ich Speck brate, spritzt mich das heiße Fett an. Früher habe ich gern damit angegeben, Streichhölzer mit dem Daumennagel anzureißen, aber dabei hat mir der brennende Streichholzkopf immer unweigerlich die Hand versengt. Und wenn ich Zigaretten rauche, fällt die brennende Spitze häufig ab und brennt mir ein Loch in die Hose.

Ich ging zum Telefon und rief Schwarm an. Ich brauchte ihn jetzt; und zwar sofort. Natürlich war es schon spät, aber Schwarm würde kommen. Dann konnte ich mit ihm reden und mir alles von ihm erklären lassen. Er wird die Antwort wissen. Schwarm kennt sich aus.

Dr. Milton Schwarm. Man nannte ihn einen Psychiater; er war so gut, daß die Polizei ihn zeitweise als Berater hinzuzog. Aber ich sah ihn nicht als Psychiater. Seit sechs Monaten war er schon mein Freund. Er kannte einige meiner Probleme, aber es war mir noch nicht gelungen, ihm alles zu sagen. Ich hatte nicht offen mit ihm reden wollen, weil er eben mein Freund ist und ich mich nicht als Patient an ihn hatte wenden wollen.

Aber jetzt wollte ich genau das. Jetzt sofort.

Dann meldete sich eine Stimme.

»Hallo, hier Phil Dempster«, sagte ich. »Kann ich Doktor Schwarm sprechen, bitte?«

»Tut mir leid, Mr. Dempster. Er ist verreist.«

»Oh. Wann wird er denn wieder hier sein?«

»Freitag abend, glaube ich.«

»Vielen Dank.« Ich legte den Hörer auf.

Am Freitag abend; und heute war erst Mittwoch. Zwei Tage. Bis dahin konnte noch viel passieren.

Aber es würde nichts passieren; ich war nur zappelig, weil ich nichts getrunken hatte. Das kommt davon, wenn man sich das Feuerwasser abgewöhnen will.

Feuerwasser. Habe ich wirklich diesen Ausdruck gebraucht?

Schwarm würde es wissen. Ich würde es ihm erzählen, und er würde mir die richtige Antwort geben. Aber nicht jetzt. Erst am Freitag.

Jetzt mußte ich schlafen. Und morgen wartete neue Arbeit auf mich. Die Kirche des Goldenen Atoms. Professor Ricardi.

Ich schleppte mich zur Couch, zog mühsam das Notizbuch hervor und las über Professor Ricardi und seine goldenen Atome nach. Ich kam nur mühsam voran, weil ich immer wieder zusammenzuckte, wenn ich draußen ein Geräusch hörte. Schließlich döste ich aber doch ein. Gleich auf der Couch. Als ich aufwachte, schien die Sonne. Die Nacht war überstanden.

Sonderbarerweise fühlte ich mich wohler. Eine Rasur und ein Bad taten noch das Ihre dazu. Nach dem Frühstück war ich vollkommen munter und bereit, mich in die Arbeit zu stürzen.

Die Beschaffung von Unterlagen ist eine zähe, aber lohnende Tätigkeit. Nachdem ich meine Runde beendet hatte, war es ungefähr fünf Uhr. Meine letzte Station war das Archiv des »Globus« gewesen, wo ich sämtliche Zeitungsartikel über Professor Ricardi ausgegraben hatte. Ich machte einen Sprung in Ed Cronins Büro, aber der war schon weg, deshalb aß ich allein zu Abend.

Diesmal aß ich in einem einfachen Restaurant. Ich fuhr ziemlich früh zum Grace Boulevard und parkte direkt vor der Kirche des Goldenen Atoms.

Das war keine ehemalige Andachtsstätte, sondern ein hübscher, moderner Ziegelbau in einem Wohnviertel wohlhabender Leute. Von einer Ecke des Hauses stach eine grelle Neonschrift in die Luft: KIRCHE DES GOLDENEN ATOMS!

Solide, dachte ich. Man hätte sie nicht von den anderen Kirchen der Umgebung unterscheiden können. Vermutlich veranstaltete diese Gemeinde an den Samstagabenden Gesellschaftsspiele und Tanzunterhaltungen, hatte einen Jugendclub und war Stammitglied der umliegenden Gewerbevereine.

Beim Anblick des Reklameschildes zögerte ich. Es war so grell. Ich wollte mich nicht darunter stellen; plötzlich begriff ich, warum. Ich sagte mir: *Die Inschrift flammt, aber das Haus wird nicht verbrennen.*

Erst nach dieser Überlegung konnte ich eintreten.

Der Vorraum war schon sehr voll. Alle waren sie heute hier – die nicht mehr ganz jungen Witwen, die unter dem

Klimakterium litten; die blassen jungen Männer, die einem nicht in die Augen sehen konnten; der Mann mit den struppigen Augenbrauen, der sich dauernd leise mit sich selbst oder einem unsichtbaren Gesellschafter unterhielt; das Mädchen mit dem Kropf; die alte Frau mit dem grell orange gefärbten Haar. Ich kannte diese Typen. Es waren die Vertreter der wohlbestallten Mittelklasse, die alle leicht angeschlagen waren; sie hatten das Vertrauen zu den üblichen Glaubenssätzen verloren. Das Seelenheil gewinnt für sie immer größere Bedeutung, und sie wollen nicht bis nach ihrem Tod darauf warten, sie wollen es gleich haben.

Es waren auch noch andere hier, die ich mir besonders genau ansah; Kranke, die ihre Leiden mit sich trugen; der Lahme, der Hinkende und der Blinde. Krücken stießen auf den Fußboden, Krankenfahrstühle rollten vorbei.

Ich ging an einem Tisch mit Büchern und Fachliteratur vorbei. DER GOLDENE SCHLÜSSEL stand als Titel auf dem grell blauen Bucheinband. Die Zeitschrift nannte sich ATOMWISSENSCHAFT, und die kleineren Abhandlungen waren in ihren Überschriften nicht weniger anspruchsvoll.

Hinter dem Tisch saß eine dicke Frau und verströmte Wohlwollen. Rechts von ihr stand eine Metallbüchse; links eine halbleere Colaflasche.

»Kann ich etwas für Sie tun?« fragte sie.

Ich nickte und ging weiter. Weiter vorne ragte ein zweiter Tisch auf. Dieses Schaustück verwaltete ein älterer Herr, der einen Hörapparat trug. Vor sich hatte er einen Ständer mit einer bunten Tabelle aufgepflanzt; daneben stand eine Pyramide aus Cremetiegeln, die alle eine goldetene Etikette mit der Aufschrift VITALCREME trugen. Den Rest des Tisches verstellten kleinere Glasbehälter, die sich mit ihren goldenen Schildchen als ATOMENERGIEKAPSELN vorstellten.

»Bitte sehr?« sagte der Herr.

Ich zögerte kurz, dann griff ich tief in die Tasche. »Je eines«, sagte ich. »Was kostet das?«

»Sechs Dollar die Creme; fünf die Kapseln«, sagte er.

Ich murmelte eine Bemerkung, die sein Hörgerät hoffentlich nicht mitbekommen hat, aber ich gab ihm das Geld. Es lohnte sich bestimmt, das Zeug chemisch zu analysieren.

Dann ging ich zum ersten Tisch zurück und kaufte mir für fünf Dollar das Buch DER GOLDENE SCHLÜSSEL, und zwei Hefte der ATOMWISSENSCHAFT zu je fünfzig Cents.

Bisher hatte mich meine Erkundung also siebzehn Dollar gekostet. Kein übles Geschäft für Professor Ricardi.

Nein, der durfte sich wirklich nicht beklagen. Das merkte ich, als ich in den Versammlungssaal kam. Der entsprach der üblichen Vorstellung einer Glaubensgemeinschaft. Links und rechts von einem Mittelgang standen Betstühle; vorne waren die Kanzel und der Altar. An der üblichen Orgel saß der übliche Organist, der die übliche Musik fabrizierte.

Hinter dem Altar hing die Fahne; eine riesige, goldene Sonne mitten in einem Strahlenkranz aus goldenem und Straßgefunkel. Kaum war ich eingetreten, stand auch schon der berühmte Professor Ricardi persönlich vor dem Altar.

Er glitzerte.

Sein Talar war goldfarben und sein Haar, sein Bart und die Ringe an seinen langen, schlanken Fingern, die sich hoben, um die Versammlung zu segnen, auch.

Auch seine Stimme troff von Gold; und er sprach auch vom Gold, Nicht vom schnöden, billigen, materialistischen Mammon, sondern vom wahren Gold des Geistes, vom Gold der Natur. Hier lag ein unerschöpflicher Schatz, mit dem das Uratom, das das Leben war, uns überschüttete.

Alles Leben entspringt dem Atom. Das Atom ist der Quell der Schöpfung und unser aller Vater. Ist doch der »Adam« aus der Bibel nichts anderes als eine fälschliche Auslegung für »Atom«.

Die Erde entstand aus der Atomenergie der Sonne. Die Sonne – das Uratom – ist die Quelle des Lebens. Sonnenenergie beherrscht die Erde, und von ihr können wir unvorstellbaren Segen abzapfen, wenn wir den Schlüssel besitzen.

Aber Weh über die Verblendeten, die die Wahrheit leugnen und versuchen, das Atom ihren eigenen verderblichen Zielen nutzbar zu machen. Wer sich gegen die Urwesenheit versündigt, das Atom spaltet und seine Substanz frei macht, ist verflucht und beschwört Verdammnis und Vernichtung auf sich herab.

Die Menschen sollten Rettung in dieser Kirche suchen, ehe es zu spät war, und die Wahrheit erfahren, wie sie in der ATOMWISSENSCHAFT und im GOLDENEN SCHLÜSSEL auf sie wartete. In diesen Werken werden alle die ewige Jugend, die ewige Gesundheit und das ewige Leben finden – ja, und natürlich auch Reichtum und Macht für jene, die es nach solchem Tand gelüstet.

Professor Ricardi selbst war über derlei engstirnige Wünsche natürlich erhaben. Seine jahrelange Arbeit als Weltraumwissenschaftler in den geheimen Laboratorien von Tibet hatte ihm reichen Lohn damit beschert, daß er die funkelnde Wahrheit entdeckt hatte.

Vierzig Jahre lang hatte er sich durch den Dschungel des Irrtums gekämpft, ehe er den Weg gefunden hatte. Dann hatten ein paar wenige zufällige Worte gegenüber eifersüchtigen Wissenschaftlerkollegen dazu geführt, daß auch sie die Wahrheit entdeckt und dazu mißbraucht hatten, die Atombomben herzustellen.

Da nun eine solche Kraft in den Händen der Macht des Bösen lag, hatte Professor Ricardi sich entschlossen, hervorzutreten und der Welt die Wahrheit zu offenbaren. Die Zeit drängte, und es würde ein schwieriger Wettlauf zwischen Vernichtung und Aufbau werden. Aber er war bereit.

Professor Ricardi hatte sein ewiges Leben der Überbringung der Botschaft des goldenen Atoms und der Verteilung des Urquells des Lebens gewidmet, der das reine Sonnenlicht in der Form von ATOMENERGIEKAPSELN und VITALCREME war. Diese wissenschaftlich aufbereiteten Hilfen zur Unsterblichkeit wurden vom inneren Licht der Wahrheit ergänzt, das in den Seiten des GOLDENEN SCHLÜSSELS schimmerte.

Das predigte Peabody beinahe eine volle Stunde hindurch. Ab und zu wurden seine Botschaften von Orgelklängen untermalt.

Und dann wurde das Licht trübe, und er richtete sein Gebet an die Atomkraft, die alles Sein regiert; und der Chor erhob sich und sang.

Die Atomkraft senkte sich auf Ricardi; sie umgab seinen goldenen Kopf mit einem Strahlenkranz. Er hob die Hände, um alle Gläubigen an sich zu ziehen, die fühlten, wie sich die Atomenergie heilend und rettend von ihm in ihre Köpfe ergoß. Er beschwor sie, sich dieser Kraft zu unterwerfen, auf daß die verletzten Atome zur vollendeten Harmonie zurückfinden konnten.

Es war der unverschämteste Schwindel, den ich jemals mit angesehen hatte. Seine billigen Phrasen waren genauso leicht zu durchschauen wie das Wasserstoffblond seines Haares und Barts. Die Orgel stimmte ihre Akkorde jedesmal wie zu einem Werbeslogan an, und der Heiligenschein stammte von einem Scheinwerfer, den ein Beleuchter auf ihn richtete.

Aber Professor Ricardi streckte die Hände aus; und sie kamen. Kriechend, stolpernd und taumelnd drängten sie zum Altar.

Alle Augen waren jetzt auf den Altar gerichtet, als Professor Ricardi für die Kranken betete. Einer nach dem andern zog an ihm vorbei. Er hielt ihre Hände, sah ihnen tief in die Augen und betete. Die Glaubensgemeinschaft beobachtete das Schauspiel. Und ich beobachtete sie.

Links von mir saß ein dicker Mann. Er starrte den Altar an und zerrte dabei an seiner Hutkrempe. Rechts neben mir begann ein Mädchen krampfartig zu schluchzen. Professor Ricardi hatte seine Zuhörerschaft prächtig eingekocht.

Er streckte die Hand aus und berührte die Stirn eines alten Mannes. Mit gesenktem Haupt stand er einen Augenblick dort. Dann riß er den Kopf ruckartig hoch; der Mann richtete sich auf, stand gerade, und seine Krücken fielen krachend zu Boden. Rund um mich wurden Seufzer und Gestöhne laut.

Jetzt neigte Professor Ricardi sich über eine Frau im Rollstuhl. Wieder preßte er seine Finger an ihre Schläfen. Plötzlich schrie die Frau auf und erhob sich aus dem Stuhl. Sie stand auf und ging. Andächtiges Gemurmel bei den Zuschauern.

Lächelnd und erschöpft trat Ricardi zurück, als der Tumult losbrach. Dann setzte plötzlich die Orgel ein; die Lichter brannten wieder, und ein grauhaariger Gehilfe stand auf der Tribüne und bat um freiwillige Spenden. Ordner liefen zwischen den Betstühlen hin und her.

Der Dicke links von mir griff in seine Tasche und fischte einen Zehndollarschein hervor. Meine rechte Nachbarin fand drei Dollar und einige Münzen in ihrer Geldbörse. Im ganzen Saal hörte man das Klimpern von Münzen und das erregte Reden jener, denen es vergönnt gewesen war, Augenzeugen eines Wunders zu werden.

Ich hatte genug gesehen. Ich stand auf und wollte über den Gang zu der Tribüne und zu dem Mann gehen, der seine Krücken fortgeschleudert hatte; ich wollte zu der Frau, die aus ihrem Rollstuhl aufgestanden war.

Aber rund um mich drängten sich die Menschen; sie versperrten mir den Weg; sie keuchten und lallten. Ich schob mich an verzückten Gesichtern vorbei. Ich kämpfte mich durch die Brandung der Erregung.

Als ich endlich die Tribüne erreichte, waren der Mann und die Frau schon verschwunden. Auch Ricardi war nicht mehr zu sehen. Ich versuchte, den Blick des grauhaarigen Helfers auf mich zu ziehen, aber er war von Ordnern umringt. Sie leerten die Sammelergebnisse in eine Metallbüchse.

Ich drehte mich um und wollte wieder durch den Gang zurückgehen. Vielleicht hatten sie einen Seitenausgang benützt, und ich konnte sie noch einholen, wenn ich rechtzeitig aus dem Saal kam. Wieder versperrte mir die Menge den Weg, aber ich boxte mich durch bis an den Rand des Vorraumes, wo sich noch eine Gruppe um die Tische drängte und den GOLDENEN SCHLÜSSEL und die ATOMENERGIEKAPSELN kaufte.

Vor mir in der Tür fiel mir im Gedränge ein Rücken auf. Da stand jemand; und selbst über die Entfernung hinweg spürte ich, daß ich beobachtet wurde. Als ich scharf hinsah, drehte sich der kleine Mann um und sah mir voll ins Gesicht; ich erkannte ihn. Sekundenlang sah ich das blasse Gesicht, die schwarzen Augen, die roten Lippen. Der Harlekin. Dann verschwand er auf die Straße.

Ricardi und die anderen konnten warten. Zuerst mußte ich mir Klarheit über diesen Harlekin verschaffen. Mühsam erzwang ich mir den Durchgang durch den Vorraum und kämpfte mich zur Tür, die zur Straße führte.

Ich hatte sie eben erreicht, als sich eine Hand nach mir ausstreckte.

»Phil – warten Sie doch einen Augenblick!«

Ich drehte mich um. Ich sah in das lächelnde Mondgesicht von Dr. Milton Schwarm.

7

Wir saßen in dem Restaurant in der gleichen Straße. Wir tranken Kaffee.

»Man hat mir gesagt, Sie seien verreist«, sagte ich. »Daß ich Sie ausgerechnet hier treffe und daß Sie das gleiche tun wie ich, hätte ich nie gedacht.«

Schwarm schüttelte den Kopf. »Es ist nicht dasselbe. Ihnen geht es um einen Zeitungsartikel, mir um eine klinische Studie. Wie ich Ihnen bereits sagte, ist einer meiner Patienten ein ehemaliges Mitglied der Sekte des Goldenen Atoms. Aus diesem Grund wollte ich mir diesen Verein mal ansehen. Und Professor Ricardi auch. Diese sogenannten Heilungen sind eine interessante Erscheinung.

Wenn ich bloß einen glaubhaften Vorwand hätte, würde ich mich gerne mit dem Mann und der Frau, die wir heute hier gesehen haben, unterhalten. Es sind das die klassischen Beispiele hysterischer –«

»Falsch«, fiel ich ihm ins Wort. »Das waren Mitakteure. Schwindler. Ganz sicher. Sie waren so wenig krank, wie dieser Professor Ricardi ein Professor ist.«

»Woher wissen Sie das denn so genau?«

Ich zückte mein Notizbuch. »Ich bin nicht unvorbereitet in die Versammlung geplatzt. Ich hab vorher ein bißchen geschnüffelt. Wollen Sie das Ergebnis hören?«

»Wenn es nicht vertraulich ist.«

»Sie werden das alles Sonntag in einer Woche im ›Globus‹ lesen können. Warum soll ich es Ihnen also nicht gleich erzählen?«

»Schießen Sie los.« Schwarm lehnte sich zurück und griff nach seiner Kaffeetasse.

Ich überflog meine Notizen. »Der Lebenslauf unseres Freundes Professor Ricardi sieht genauso aus wie bei den meisten Schwindlern. Sein wahrer Name lautet Joseph Edward Clutt, geboren 1929 in Spokane. Der Vater war Klempner. Joe war Lehrling, bis er mit einer medizinischen Schau durchgebrannt ist.

1951 kam er hierher; er brauchte nicht zum Militär, weil er rauschgiftsüchtig war. 1956 taucht er als Zeuge in einem Scheidungsprozeß auf, den Frederick Loodens gegen seine Gattin Agatha angestrengt hat. Offenbar hat er ihr mehr als die üblichen Klempnerdienste erwiesen.«

Schwarm stellte seine Tasse hin. »Soll das heißen, daß er im Jahre 1956 immer noch als Klempner gearbeitet hat? Und was ist mit seinen Reisen in den Orient und nach Tibet?«

Ich grinste. »Näher als bis zu einer Opiumhöhle in Frisco ist Joe Clutt dem Orient nie gekommen.«

»Weiter«, sagte Schwarm. »Das ist ja sehr interessant. Ich wollte schon immer mal wissen, wie so eine Sekte entsteht.«

»Ganz einfach. Kurz nach der Scheidung starb Mrs. Loodens ehemaliger Mann. Er hinterließ ihr einen kleinen pharmazeutischen Erzeugungsbetrieb. Während des Koreakrieges hatte dieser Betrieb Regierungsaufträge gehabt, aber 1958 gingen die Geschäfte schlecht.

Jetzt sprang ihr Liebhaber, Joe Clutt, ein. Er setzte die Erzeugung der Artikel fort, die sich heute ATOMENERGIEKAPSELN und VITALCREME nennen. Da kommt die Sektenidee her.«

»Dann hat dieser Klempner den ganzen Hokuspokus nur aufgebaut, um seine Ware an den Mann zu bringen?«

»Nicht ganz. Es ist noch ein Dritter im Spiel, nämlich der Rechtsberater der Firma, ein Mann namens Weatherbee. Ich bin ziemlich überzeugt, daß der Geistesblitz von ihm stammte. Er kann ohne weiteres den GOLDENEN SCHLÜSSEL geschrieben und Joe Clutt für seine neue Rolle gedrillt haben. Vergessen Sie nicht, daß Clutt schon auf Jahrmärkten bei einer medizinischen Schau mitgemacht hat. Zweifellos hat er auch eine beträchtliche persönliche Anziehungskraft. Jedenfalls meinte das der verstorbene Mr. Loodens.

Der Kopf des Unternehmens jedoch sind Weatherbee und Mrs. Loodens. Die beiden haben ihm nahegelegt, sich das Haar zu färben und seinen Namen zu verändern; sie haben ihm die Schlagworte beigebracht und den Druck des Buches und die Verpackung der Ware finanziert.

Sie errichteten ein Büro und haben vermutlich ihre gesellschaftlichen und geschäftlichen Beziehungen spielen lassen, um die Idee publik zu machen und um die ersten Anhänger zu gewinnen. Und der Betrieb kam in Schwung. Sie verdienen ein Vermögen an den täglichen Unterrichtsstunden, Privatkursen, Charakterdeutungen und den Büchern, die sowohl gegen Nachnahme als auch durch die Kirche selbst verkauft werden. Auch die Pillen und die Creme werden auf diese Art verkauft. Der weitaus größte Prozentsatz des Gewinns aber stammt bestimmt von den Beiträgen und den freiwilligen Spenden. Soviel ich weiß, wollen sie in Kürze in Chicago ein Filialunternehmen aufziehen.«

»Unwahrscheinlich, wie leichtgläubig die Menschen sind«, murmelte Schwarm. »Das ist natürlich eine rein private Äußerung«, sagte er hastig, »keine berufliche.«

Ich grinste höhnisch. »Die glauben nicht etwa, weil man sie von etwas überzeugt hat. Sektierer glauben, weil sie glauben wollen. Vor fünf Jahren habe ich einer Pseudo-Séance beigewohnt, die mir unvergessen bleiben wird. Im Saal hatten sich an die zweihundert Sektierer versammelt. Viele waren mittleren Alters, aber es war auch eine Menge Jugend vertreten; Teenager und junge Ehepaare, die ihre Säuglinge mitgeschleppt hatten. Das Medium war ein verhungertes kleines Männchen um die Fünfzig, der ein sauberes Hemd, einen Rasierapparat und ein Bad dringend nötig gehabt hätte. Seine Frau war eine fette, aufgetakelte alte Hexe, die Karten und Traktätchen verkaufte. Sie leitete den Abend mit der Ankündigung ein, wie ihr Mann in Trance versinken und die Verbindung mit den mächtigen Geistern aus dem Jenseits aufnehmen würde.

Beim richtigen Stichwort schloß der alte Knabe die Augen, manövrierte sich in Schweiß und fing an, in hohem

Singsang ein Kauderwelsch von sich zu geben. Ich erkannte ein paar spanische Brocken und vermute, daß der Rest wohl chinesisch gewesen ist. Seine Frau ›übersetzte‹, wie geschmeichelt sich der große Geist fühlte, aus dem Jenseits gerufen worden zu sein, machte ein paar allgemeine Zukunftsprophezeiungen und gab dann stereotype Antworten auf stereotype Fragen aus dem Publikum. Kein Zehnjähriger wäre auf den Schwindel hereingefallen. Aber diese Leute saßen wie gebannt auf ihren Stuhlkanten. In der Pause ließ ein Bekannter von mir ein paar abfällige Bemerkungen fallen; daraufhin wären wir fast verprügelt worden. Diesen Leuten geht es also nicht gerade darum, das Licht der Wahrheit zu finden.«

Schwarm zündete sich eine Zigarette an. »Aber wieso werden solche Leute nicht bestraft?« fragte er. »Mischt sich da die Polizei nicht ein? Wissen die denn nicht, daß dieser Mann kein Professor ist, sondern von einem großangelegten religiösen Schwindel lebt?«

»Erbarmen«, sagte ich. »Sie sind doch angeblich Psychiater. Diese Naivität paßt doch gar nicht zu Ihnen. Clutt *ist* Ricardi. Die Namensänderung wurde ihm vor drei Jahren gesetzlich bewilligt. Er ist auch Professor; und wenn er es will, kann er sich auch Doktor nennen. Jeder kann sich einen akademischen Grad auf metaphysischem Gebiet verschaffen, wenn er bereit ist, den nötigen Kursbeitrag an einem der Fernunterrichtskurse zu entrichten. Und was Sie da von einem großangelegten religiösen Schwindel sagen, ist eine Frage der Auffassung. Sie wissen, daß sämtliche Sekten geduldet werden, wenn sich ihre Leiter nicht mit Zukunftsvoraussagen abgeben.« Ich zuckte die Achseln. »Vielleicht wird aber mein Artikel ein paar Menschen zum Nachdenken anregen.«

»Vielleicht.« Schwarm legte seine Zigarette hin. Ich mußte ihm dabei zusehen. Ich konnte in letzter Zeit niemals den Blick von etwas Brennendem abwenden. »Aber seit wann fühlen Sie sich zum Kreuzritter berufen? Ich dachte, Sie schreiben an einem neuen Buch?«

»Ich habe es für ein paar Wochen auf Eis gelegt. Es ist nicht so richtig gelaufen.«

»Wo lag denn die Schwierigkeit?«

Er stellte die Frage völlig unverfänglich; aber ich kannte Schwarm genügend gut, um zu wissen, daß er es ernst meinte. Jetzt war meine Gelegenheit da, ihm alles zu sagen. Über Diana und das Feuer im Bethaus der Weißen Bruderschaft, über mein ständiges Trinken vor dem Brand und den Grund, weshalb ich mich betrank. Aber wenn ich mich einmal so weit vorgewagt hatte, dann gab es kein Zurück mehr. Hinter dem Feuer stand das Trinken; und dahinter stand der Traum, und hinter dem Traum stand etwas, worüber ich einfach nicht sprechen konnte.

Ich *wollte* es; aber ich *konnte* nicht. Weil ich mich nämlich vor seiner Antwort fürchtete. Er war Psychiater; er konnte bestimmt meinen wunden Punkt benennen. Und davor hatte ich Angst.

Deshalb schüttelte ich bloß den Kopf und sagte: »Mir fällt einfach nichts mehr ein. Wahrscheinlich habe ich mich selbst zu intensiv beobachtet. Dieser Zeitungsauftrag bringt mich mal wieder unter Leute. Die Ablenkung wird schon ganz gut sein.«

»Die Flucht vor dem Ich, hm?«

»Bitte«, sagte ich lächelnd, »ich liege hier nicht auf Ihrer Couch.«

»Verzeihen Sie. Aber Sie wissen, Phil, wann immer Sie den Wunsch haben sollten, sich auszusprechen...«

»Jaja«, sagte ich. »Das weiß ich doch. Und vielen Dank auch.«

Ich sah auf die Uhr. »Jetzt muß ich aber gehen. Es ist schon spät. Kann ich Sie irgendwo absetzen?«

»Nein, ich bin selbst mit dem Wagen da.« Er stand auf und drückte seine Zigarette im Aschenbecher aus. Einige Funken glühten noch. Ich sah mich im Restaurant um. Angenommen, einer dieser Funken spritzte aus der Aschenschale und geriet an die Draperien an der Wand? Wenn Stoff Feuer fängt, brennt es sehr schnell, und die Wände waren aus Holz, die würden dann auch brennen, und...

Schwarm ging zwischen den Tischen voraus, und ich drückte verstohlen den glühenden Zigarettenstummel aus. Ich konnte einfach nicht anders. Und wenn er mich beobachtet hatte? Was sollte ich ihm dann antworten? »Ich bin ein Pfadfinder, und diese Woche gilt der Feuerverhütung?«

Aber er sah mich nicht; niemand hatte mich gesehen. Schwarm bezahlte meinen Kaffee, wir verließen das Lokal und verabschiedeten uns auf der Straße.

»Rufen Sie mich doch mal an«, sagte er.

»Gemacht.« Ich sah ihm zu, wie er in seinen Wagen stieg und wegfuhr. Dann drehte ich mich um und ging den Häuserblock entlang zu meinem Parkplatz.

In dieser Nebenstraße war es in der Mitte des Häuserblocks ziemlich dunkel, aber doch nicht dunkel genug, um nicht die Gestalt zu sehen, die sich an meinen Wagen lehnte. Und selbst bei der schwachen Beleuchtung erkannte ich das blasse Gesicht.

Er richtete sich auf, als er mich bemerkte.

»Ich habe gewartet, Bruder«, sagte er.

»Ja, das sehe ich.«

»Ich wollte ganz sicher sein, daß Sie allein sind.« Er blinzelte zu mir empor. Die Zähne ragten über seine zerbissenen Lippen. »Sie sind doch allein, oder?«

Ich nickte. Leider hatte er recht. Ich war in einer dunklen Nebenstraße mit einem Fanatiker allein, der auf mich gewartet hatte.

»Das ist gut. Sonst würde ich Sie nicht mitnehmen. Ich mußte Gewißheit haben.«

»Welche Gewißheit denn?«

Er stand dicht vor mir; plötzlich löste sich seine Hand aus seinem Mantel. Ich sah das Messer auffunkeln; und ehe ich mich bewegen konnte, drückte sich die Messerspitze in meine Seite.

»Seien Sie ganz still«, murmelte er. »Ich darf kein Risiko eingehen.« Mit der rechten Hand setzte er mir das Messer an. Seine linke Hand tastete meinen Mantel ab und öffnete ihn. Seine kalten Finger krochen mir über die Brust und knöpften mein Hemd auf.

Ich hob die Hände, und das Messer bohrte sich mir ins Fleisch.

»Versuchen Sie das ja nicht«, flüsterte er. »Ich tue Ihnen nichts. Ich suche nur ein Mal.«

Ich bekam eine Gänsehaut auf der Brust, als er mein Hemd hob. Einen Augenblick sah er auf meine Brust hinab, drückte seine Hand darauf.

»Gut«, sagte er. »Es ist alles in Ordnung. Sie gehören nicht zu ihnen. Sie tragen kein Mal.«

»Was für ein Mal denn?«

»Das Mal des Antichristen. Des Teufels. Dann sind Sie also doch keiner von denen. Sie sind rein. Deshalb werden Sie mir helfen.« Er zog seine Hand weg. Ich knöpfte mir Hemd und Mantel zu.

»Wie soll ich Ihnen helfen? Wer sind Sie denn überhaupt?«

»Ich bin ein Auserwählter. Ein für die Rache Auserwählter.«

Was sagt man, wenn man so etwas hört? Man kann ihn doch nicht anschreien: »Nehmen Sie Vernunft an«, wenn man eine scharfe Messerklinge am Leibe spürt. Ich starrte in das weiße Harlekingesicht hinab und wartete.

»Sie werden mir helfen«, wiederholte er. »Kommen Sie.« Er drängte mich zum Wagen. »Steigen Sie ein. Ich zeige Ihnen den Weg.«

»Wohin?« fragte ich; aber ich stieg natürlich ein.

»Wir wollen warnen.«

»Die Polizei?«

»Das sind Feinde. Das wissen Sie doch. Sie hassen die Bruderschaft.«

»Bruderschaft? Dann gehören Sie also der Weißen Bruderschaft an? Wollen Sie etwa dorthin?«

»Die Bruderschaft ist im Feuer des Zorns geendet. Das wissen Sie doch. Und das Feuer des Zorns wird alle anderen verzehren, wenn wir sie nicht warnen.«

Das flüsterte mir das kleine Harlekingesicht mit dem Messer in der Dunkelheit zu. Mich fröstelte, und ich rückte von ihm ab. Seine Augen und sein Messer folgten mir.

»Wir müssen jetzt fahren. Benson Street 1902.«

Die Adresse sagte mir nichts. Die Benson Street lag am Stadtrand.

»Wer wohnt da?«

»Derjenige, den wir warnen. Schnell jetzt.«

Ich fuhr und hoffte, wir würden an einem Streifenwagen vorbeikommen, der mich wegen überhöhter Geschwindigkeit aufhalten würde. Ich hoffte auf eine Panne, einen harmlosen Unfall, auf irgend etwas.

Aber es gab keine Hoffnung. Es gab nur die dunklen Straßen, die Dunkelheit neben mir, den kleinen Mann mit dem großen Messer.

»Schneller«, murmelte er. »Sonst kommen wir noch zu spät. Das Feuer des Zorns greift schnell um sich, um die Welt zu vernichten, denn der Jüngste Tag ist nahe –«

»Sie reden ständig vom Feuer«, sagte ich. »Haben Sie etwa das Bethaus der Bruderschaft in Brand gesteckt?«

Das Messer stach mich in die Seite, und ich fing an zu schwitzen; ich wartete darauf, daß er zustieß. Mich trennte nur ein Zentimeter von der Ewigkeit; ein einziger Zentimeter aus kaltem Stahl.

Aber er stieß nicht zu. »Ich werde Sie nicht töten, Bruder. Ich verstehe Sie. Sie sind ein Unwissender.«

»Warum klären Sie mich dann nicht auf?«

»Sie werden es schon noch hören; haben Sie noch ein paar Minuten Geduld. Wenn ich es ihm sage. Ihr sollt es beide hören.«

»Bringen Sie mich deshalb zu dieser Adresse, statt selbst hinzugehen?«

»Ja. Wenn ich allein komme, wird er nicht auf mich hören. Er wird sagen, ich bin plemplem. Sie wissen doch, was ›plemplem‹ bedeutet, Bruder?«

Ich sagte überhaupt nichts mehr. Ich fuhr stumm weiter und schwenkte vom Ammon Boulevard in die Benson Street ein.

Jetzt kreischte mir seine Stimme ins Ohr: »Plemplem heißt ein Verrückter. Das heißt es, Bruder. Nicht richtig im Kopf. Das hat man schon von mir behauptet, als ich noch klein war. Ehe ich mich der Bruderschaft angeschlossen habe. Der Geistliche aber hat gewußt, daß ich nicht verrückt bin; er hat an die Stimmen geglaubt. Aber andere Leute nennen mich immer noch einen Verrückten. Dann werde ich so böse, daß ich am liebsten mein Messer nehmen und ihnen die Zungen abschneiden möchte. Diese Zungen, die pausenlos lügen.«

Stumm und schwitzend saß ich da; ich fuhr die Benson Street entlang und bemerkte, daß die Häuser immer spärlicher wurden, als wir uns dem Hügel am Stadtrand näherten. Jetzt ging es bergauf, und er flüsterte: »Aber Sie werden es in einer Minute wissen. Und er auch. Beide werdet ihr wissen, daß ich nicht verrückt bin, sondern die Wahrheit über das Feuer des Zorns sage. Er muß es wissen, weil er als nächster der Liste drankommt...«

Jetzt wurde die Straße auf beiden Seiten von dichten Bäumen eingesäumt; der Block mit den Nummern 1900 lag gleich hinter der nächsten scharfen Kurve. Wir waren da. 1902 war das große Haus auf der rechten Seite. Es lag etwas zurückgesetzt. Eine steile Auffahrt führte hin.

Ich fuhr zum Tor. »Da sind wir«, sagte ich.

Dunkel und stumm stand das Haus da. Beim Aussteigen war mir, als sähe ich durch ein Hinterfenster im zweiten Stock ein schwaches Licht brennen.

Wir gingen zur Haustür. »Wen soll ich verlangen?« murmelte ich. »Was soll ich sagen? Man kann doch nicht mitten in der Nacht bei einem Fremden ins Haus platzen...«

»Ich werde reden«, sagte der kleine Mann mit dem Messer. »Beeilen Sie sich nur.«

Ich klingelte, wartete, klingelte noch mal.

»Sehen Sie? Niemand zu Hause. Oder sie schlafen schon fest.«

Der kleine Mann stieß mich beiseite. Er hämmerte mit dem Messergriff gegen die Tür.

»Es hat keinen Zweck«, sagte ich. Ich wollte schon gehen. Er hielt mich fest.

»Es muß jemand zu Hause sein«, sagte er. »Da ist doch noch Licht.«

Ich trat zurück und sah wieder zum Fenster hoch. Da oben brannte wirklich Licht. Es war jetzt heller als vorhin.

Es war *zu* hell.

Ich drehte mich um und sah, daß er es schon wußte. Er konnte jetzt schon die Flammen sehen und den Qualm riechen.

»Zurück zur Ecke«, sagte ich. »Schlagen Sie den Feuermelder ein.«

»Was haben Sie vor?«

»Ich muß ins Haus.«

»Tun Sie's nicht! Es hat keinen Zweck mehr, Sie werden umkommen.«

Jetzt zitterte er. Ich betrachtete das kleine Harlekingesicht. Plötzlich hatte ich keine Angst mehr. Ohne lange zu überlegen, streckte ich die Hand aus und nahm ihm sein Messer weg.

»Was tun Sie damit?«

»Das werden Sie schon sehen...« An der Tür brauchte ich es gar nicht erst zu versuchen. Ich ging zu dem hohen französischen Fenster hinter der Veranda an der Auffahrt. Mit dem Messergriff schlug ich das Glas rund um den Riegel ein. Das Fenster gab nach.

Eine Wolke aus Hitze und Rauch quoll erstickend aus dem Raum.

»Schnell!« schrie ich. »Laufen Sie zum Feuermelder!«

Ohne länger zu warten, trat ich ins Zimmer. Es war

dunkel, und der Qualm stieg mir beißend in Augen und Nase. Die Augen konnte ich nicht schützen, aber ich hielt mir ein Taschentuch vor Nase und Mund.

Dann ging ich an der Wand entlang durchs Zimmer. Ich wäre beinahe über eine Bodenlampe gestürzt und schlug mir das Knie an einem Sofa blau. Aber ich kam in die Diele; ich suchte nach dem Lichtschalter und merkte, daß das nicht mehr nötig war. Die Diele war ganz hell. Ich sah von oben das Züngeln der Flammen, das mich wie ein Leuchtturm lenkte. Oder warnte.

Der Rauch war dick und scharf. Von dem Gestank konnte einem übel werden. Das Feuer war oben. Ich wollte nicht nach oben gehen, ich hatte Angst vor dem Feuer.

Aber ich ging trotzdem. Ich hatte Angst vor dem Feuer, aber ich hatte noch größere Angst vor mir selbst. Ich mußte gehen. Vielleicht erwartete mich oben die Antwort, vielleicht erfuhr ich dort ein Geheimnis.

Ich nahm zwei Stufen auf einmal. Als ich um die Ecke bog, verdichteten sich der Gestank, der Rauch und die Hitze zu einer unsichtbaren Hand; einer großen, heißen Hand, die mich zurückzustoßen versuchte.

Schon wollte ich hustend und nach Atem ringend auf der Treppe umkehren. Die Hand drückte mich hinunter, und ich wollte vor ihr zurückweichen. Aber oben winkte mir das Feuer. Ich stellte mich noch einmal der Hand entgegen, duckte mich und schlüpfte durch die unsichtbaren Finger.

Dann stand ich auf dem oberen Treppenabsatz; um mich herum wirbelte der Rauch. Der Flur war ganz schwarz. Der Teppich im Flur gloste; überall schossen kleine Flammenzungen hoch, leckten, knabberten und fraßen.

Aus dem Zimmer am Ende des Korridors schlugen noch mehr Zungen. Und der Rauch strömte in einer erstickenden Wolke hervor. Ich taumelte auf die offene Tür zu. Die Hitze verstärkte sich, und ich konnte kaum etwas sehen. Blinzelnd stand ich da und versuchte, ins Schlafzimmer zu sehen. Der Rauch ballte sich zusammen; die Flammen knatterten; wieder dichte Rauchwolken. Aber dazwischen riß die Wand sekundenlang auf. Es war ein Blick in die Hölle.

Jemand hatte die Gardinen in Brand gesteckt, die Bettwäsche vom Bett gerissen und sie am Fußende zu einem großen Bündel aufgehäuft. Der Geruch des brennenden Stoffs raubte mir fast den Atem; die Flammen züngelten immer höher. Im nächsten Augenblick mußte das Bett Feuer fangen; und genau das hatte auch jemand damit bezweckt.

Jemand hatte den Brand gelegt und das Bettzeug abgezogen; aber der gleiche Jemand hatte auch ein Laken für einen anderen Zweck verwendet. Aus diesem Laken waren lange Streifen gerissen worden, mit denen die Arme und Beine des Mannes gefesselt waren, der bäuchlings auf dem Bett lag; sein Kopf war in dem aufsteigenden Qualm kaum noch zu sehen.

Er wehrte sich nicht; er bewegte sich nicht mal. Ich wußte, warum. Der dichte Rauch hätte jeden erstickt.

Und genauso war es auch geplant gewesen. Tod durch Ersticken mit anschließender Einäscherung. Die Hitze versengte mir die Hände und die Stirn. Die Tapeten krümmten sich; sie brannten, und das Feuer lief über das Parkett.

Ich rannte zum Bett und stieß die brennende Plüschdecke weg. Ich bückte mich und packte den Gefesselten. Ihm die Hände und Füße aufzubinden, hatte ich keine Zeit mehr. Wir mußten so schnell wie möglich hier weg.

Ich hob ihn hoch und warf ihn mir über die Schulter. Da hing er wie ein Sack. Ein schwerer Sack; eine schwere Last, die ich über den rauchschwarzen Flur, die glimmende Treppe nach unten tragen mußte.

Husten, niesen, nach Luft ringen, tasten, taumeln, beinahe fallen, keuchen, zittern, erschauern, als plötzlich die Flammen auf halber Treppenhöhe aus den Fenstervorhängen schlugen und mir die Schläfe verbrannten.

Ich glaubte, Rufe und das Gellen einer Sirene zu hören; aber genau konnte ich das nicht wissen. Dazu war das Feuer zu laut.

Das Zimmer lag direkt vor mir; dahinter war das Fenster, und hinter dem Fenster war frische Luft. Die brauchte ich. Frische, kühle Luft, damit ich endlich meine Last niederlegen, mich selbst einen Augenblick hinlegen durfte, irgendwo, wo ich vor den Flammen sicher war.

Jetzt fehlten nur mehr wenige Schritte. Und jetzt konnte ich schon durchs Fenster auf die Straße sehen. Die Löschwagen trafen ein. Ich versuchte, den kleinen Mann mit dem Harlekingesicht zu entdecken, aber er war nicht da. Egal. Ich wollte nur noch raus hier. Raus ins Freie. Nichts weiter.

Sorgfältig legte ich ihn auf den Rücken, damit ich sein Gesicht sehen konnte. Und dann wußte ich, daß ich nicht gerettet war; weder vor den Flammen noch vor dem, was dahinter lauerte. Ich starrte in das Gesicht des Joseph Clutt, alias Professor Ricardi, in das violette Gesicht des erdrosselten Führers des Goldenen Atoms.

Einen Augenblick starrte ich es an, dann stürzte das Gesicht auf mich zu. Nein, das stimmt nicht; ich stürzte. Ins Feuer. Und durch das Feuer hindurch in die Finsternis.

8

Ich glaube, von Pythagoras stammt die Theorie über die ewige Wiederholung; die Vorstellung, daß die gleichen Dinge immer wieder geschehen.

Ich hätte gern gewußt, was Pythagoras gedacht hätte, wenn er in dem kleinen Zimmer gesessen, aus dem Fenster gesehen und den Sonnenaufgang beobachtet hätte.

Da saß ich also nach genau zwei Tagen wieder hier herum und hörte Captain Dalton sagen: »Sieht schlimm aus, das müssen Sie schon zugeben. Es sieht wirklich schlimm aus.«

»Ich gebe gar nichts zu«, antwortete ich. »Ich habe Ihnen alles gesagt, was ich weiß. Warum holen Sie sich nicht den kleinen Burschen mit dem weißen Gesicht? Und Schwarm?«

»Die Suche nach dem geheimnisvollen Verrückten läuft auf vollen Touren«, erwiderte Dalton. »Und Dr. Schwarm ist schon auf dem Weg hierher.«

Hoffentlich kam er bald. Ich hatte es satt, daß die Pfeife ständig auf mich zeigte. Das brachte Dalton selbst dann fertig, wenn er den Blick senkte und sich seine Aufzeichnungen ansah.

»Sie halten also daran fest, daß Sie keinerlei Verbindung zu Professor Ricardi hatten«, sagte er.

»Ich halte an nichts fest; ich sage es Ihnen bloß. Bis zur gestrigen Versammlung habe ich den Mann nie gesehen.«

»Und dieser Irre, den Sie angeblich gesehen haben –«

»Nicht angeblich. Ich habe ihn gesehen; er war da, und er hat mir ein Messer in die Rippen gedrückt.«

»Na schön.« Dalton fuhr mit der Hand durch die Luft. »Jetzt werde ich mich mit Ricardis Rechtsberater unterhalten, diesem Weatherbee. Und Mrs. Loodens. Vielleicht erfahre ich von denen etwas Vernünftiges.«

Komischerweise war ich gar nicht sehr bedrückt. Damals noch nicht. Weil ich nämlich wußte, daß ich mit diesem Brand bestimmt nichts zu tun hatte. Und ich hatte mich auch nicht gefürchtet. Oder doch? Und selbst wenn; immerhin war ich ins Haus eingedrungen und hatte versucht, Ricardi zu retten. Ich hatte mich völlig normal benommen; damit hatte ich bewiesen, daß ich normal *war*.

Jemand aber war schuld an diesem neuen Brand. Irgendwo mußte sich ein Brandstifter verstecken, der die Stadt nicht mehr schlafen ließ. »Schlaf, Kindchen, schlaf. Dein Vater hüt' die Schaf. – Dein Vater ist in Pommerland, Pommerland ist abgebrannt« –

Wer hatte sich an Ricardi herangemacht; wer hatte ihn gefesselt und den Flammen überlassen?

Ich erwog sämtliche Möglichkeiten. Diana Rideaux natürlich. Aber die war aus Eis. Die hatte mit Feuer nichts zu tun. Und sie war das erstemal bei mir gewesen und auch das zweitemal, als meine Zigarette im Gebüsch am Strand das Feuer ausgelöst hatte. Dann war sie weggelaufen. Eine kupferfarbene Motte, die Angst vor Feuer hat. Die konnte ich also schon mal streichen.

Und der Mann mit dem Harlekingesicht? Der hätte durchaus den Brand Nummer eins legen können; aber warum hatte er dann eine solche Angst vor seinen »Feinden«? Warum wollte er Ricardi »warnen«? Er konnte doch unmöglich zuerst Ricardi gefesselt, dann das Feuer gelegt haben und anschließend quer durch die Stadt gelaufen sein, bis er mich fand und mich wieder zurückbrachte. Dazu hatte das Feuer noch gar nicht lange genug gebrannt. Außerdem war nicht einmal einem Verrückten eine derartige Emsigkeit zuzutrauen.

Immerhin scheint er aber gewußt zu haben, daß Ricardi das nächste Opfer sein würde. Woher? Und warum hat er mich damit in Verbindung gebracht?

Irgendwie, irgendwo steckte da ein Muster dahinter. Die Polizei mußte ihn aufspüren und zum Reden bringen. Er selbst hat bestimmt keinen Brand gelegt; aber er muß gewußt haben, wer es getan hat.

Schwarm trat ein.

»Kommen Sie, Phil. Wir verduften von hier«, sagte er.

»Haben Sie schon mit Captain Dalton gesprochen?«

»Das ist in Ordnung. Ich habe ihm gesagt, daß wir zusammengewesen sind. Alles hat sich aufgeklärt.«

»Das glauben Sie! Ich hab noch nie ein größeres Durcheinander erlebt. Wissen Sie überhaupt, was passiert ist?«

»Ja.« Er hielt mir die Tür auf. »Aber darüber können wir uns später unterhalten.«

Diesmal hatten sie auch mein Auto mitgenommen. Ich unterschrieb die Empfangsbestätigung in der Polizeigarage. Schwarm wartete auf mich.

»Kann ich Sie irgendwo absetzen?«

»In meiner Ordination. Kommen Sie auf einen Sprung mit?«

»Ich bin ziemlich müde.«

»Das weiß ich. Aber ich dachte, wir könnten uns aussprechen. Um der Wahrheit die Ehre zu geben: Ich habe es Captain Dalton versprochen.«

»Befassen Sie sich jetzt mit dem Fall?«

»Inoffiziell, ja. Wie Sie wissen, holt man mich ab und zu zu einer Beratung. Wenn sich etwas ergibt, das den Verdacht einer Geisteskrankheit nicht ausschließt.«

»Mit anderen Worten: Dalton hält mich für verrückt. Stimmt's?«

»Nein, aber –«

»Sie sind ein miserabler Psychoanalytiker«, sagte ich. »Sie hätten sich wenigstens einen Vorwand ausdenken können, um mich zum Reden zu bringen!«

Schwarm kicherte. »Kann schon sein. Aber wer weiß, vielleicht bin ich sogar ein sehr tüchtiger Arzt. Mein so aufreizend unbeholfener Versuch wirkt offensichtlich. Sie sind über den unausgesprochenen Verdacht derart empört, daß Sie jetzt freiwillig in meine Ordination mitkommen. Hab ich nicht recht?«

»Gewonnen«, sagte ich.

Ich fuhr ihn zum Soames Building und stellte den Wagen auf seinem Parkplatz ab. Es war immer noch früh am Morgen, und seine Ordination war verlassen.

»Setzen Sie sich hin, und erzählen Sie mir alles«, sagte Schwarm. »Zigarette?«

»Danke, nein.« Nur mühsam brachte ich die Antwort hervor. Meine Kehle war ausgetrocknet.

»Ist das amtlich?« fragte ich.

»Ich werde mir Aufzeichnungen machen, ja. Aber ich werde Ihr Vertrauen nicht enttäuschen, Phil.«

»Klar.« Ich lehnte mich in meinen Stuhl zurück. »Wo soll ich anfangen?«

»Von vorne.«

»Gestern abend oder neulich? Sie haben ja vermutlich gehört, daß ich beim Brand in der Weißen Bruderschaft die Feuermeldung durchgegeben habe, wie?«

Er nickte. »Ja. Sie wissen doch am besten, wo Sie anfangen müssen.«

Ich wußte es; aber ich wollte es ihm nicht sagen. Ich konnte einfach nicht davon sprechen. Nicht vom Anfang und nicht vom Traum.

Ich wiederholte also, was ich Dalton schon gesagt hatte. Wie ich Diana Rideaux getroffen hatte, heimgefahren war und dann zur Kneipe zurückkehrte, um mein Notizbuch zu holen. Und ich berichtete weiter, daß mich die Polizei geholt und wieder entlassen hatte. Ehe ich mich's versah, sprach ich davon, daß ich Diana wiedergetroffen hatte und mit ihr zum Strand gegangen war.

Jetzt konnte ich nicht mehr aufhören. Ich mußte weiterreden, obwohl ich wußte, daß ich damit einen Fehler machte. Ich erzählte ihm von dem Zigarettenstummel und dem Buschfeuer. Ich sah ihn während des Sprechens an; aber sein Gesicht verriet mir nichts. Er machte sich Notizen und schwieg. Einen Augenblick lang wollte ich ihm schon erklären, daß das Buschfeuer ein unseliger Zufall gewesen war, aber ich fing mich noch rechtzeitig ab. Das hätte nur seinen Argwohn erweckt. Also erzählte ich weiter bis zum gestrigen Abend. Ich berichtete ihm von der Versammlung des Goldenen Atoms, als ob er mich dort nicht gesehen hätte, von dem Restaurant und dem Mann mit dem Harlekingesicht, der mich draußen erwartete. Dann folgte die Schilderung der Fahrt, des Brandes und schließlich, wie ich die Leiche Ricardis gefunden hatte.

»Na bitte«, sagte ich. »Sie sitzen im falschen Dampfer, das ist Ihnen mittlerweile doch auch klargeworden, nicht wahr? Wenn wir diesen Irren hierhätten, dann könnte er Ihnen sagen, was Sie wissen möchten.«

»Möglich.« Schwarm legte seinen Bleistift hin. »Aber

wir müssen praktisch denken. Ihr kleiner Freund ist nicht da; also müssen wir uns an das halten,was wir haben.«

»Mehr kann ich Ihnen nicht sagen. Das war alles.«

»Sie haben mir sehr geholfen, Phil.« Er klopfte auf seine Aufzeichnungen. »Ihre Geschichte ist erstaunlich detailliert. Sie haben ein gutes Gedächtnis für Tatsachen.«

»Muß ich wohl, als Journalist.«

»Mir fällt nur auf, daß Sie in Ihrer Schilderung einen sehr wesentlichen Aspekt vermieden haben.«

»Und zwar?«

»Sie haben nicht einmal erwähnt, was Sie sich *gedacht* haben. Über ihre Reaktion auf alles, was geschehen ist, haben Sie sich vollkommen ausgeschwiegen.«

»Tja...«, ich zuckte die Achseln. »Ich dachte, Sie seien ausschließlich an den Tatsachen interessiert. Meine Gefühle sind doch nebensächlich.«

»Ich bin nun mal ein neugieriger Mensch; deshalb wüßte ich auch gern, was in den letzten drei Tagen in Ihnen vorgegangen ist.«

»Ich habe Angst gehabt«, sagte ich. »Irrsinnige Angst. Verständlich, nicht wahr? Da gibt man eine Feuermeldung durch, und zum Dank dafür greift einen die Polizei auf und beschuldigt einen der Brandstiftung. Dann hat mich diese kleine, ausgefallene Figur verfolgt. Das ist auch nicht eben ein Vergnügen gewesen. Und dieses Mädchen. Wie die sich benommen hat, da könnte man ja direkt meinen, ich hätte sie vergewaltigt. Und gleich hinterher das Buschfeuer. Das hat mir dann den Rest gegeben.«

»Warum?«

Ich steckte schon zu tief drinnen, um umzukehren. »Weil ich mich gefragt habe, ob es tatsächlich nur ein Zufall gewesen ist. Ich bin in Ihrem Fach nicht gänzlich unbewandert, müssen Sie wissen. Ich weiß, daß einem das Unterbewußtsein einen Streich spielen kann. Als ich den Stummel wegwarf, habe ich vielleicht dem heimlichen Wunsch zur Brandstiftung nachgegeben. Mit anderen Worten: Der Anblick des ersten Feuers hat mich vielleicht dazu getrieben, selbst einen Brand zu verursachen. Im Grunde unserer Seele steckt in jedem von uns ein Pyromane.«

»Finden Sie?«

»Sie sind der Arzt.«

Schwarm lächelte. »Haben Sie immer noch das Gefühl, daß Sie eventuell das Gebüsch in Brand stecken wollten?«

»Jetzt nicht mehr.« Ich sah einen Ausweg und nutzte ihn aus. »Wegen gestern nacht. Ich habe nichts mit Ricardis Tod zu tun. Und als ich ins Haus eindrang, um ihn zu holen, da hatte ich nichts weiter als Angst. Ich habe Angst vor dem Feuer gehabt.«

»Aber Sie sind trotzdem hineingegangen.«

»Das mußte ich.«

»Sie hätten doch auch auf die Feuerwehr warten können.«

»In einem solchen Augenblick überlegt man nicht lange«, sagte ich. »Da reagiert man aus dem Unterbewußtsein.«

»Dann hat Ihnen also Ihr Unterbewußtsein befohlen, in das brennende Haus zu gehen?«

»Na ja...«

»Obwohl Sie, wie Sie selbst sagten, Angst vor dem Feuer hatten?«

»Ich...« Dann war ich aufgestanden. »Es hat keinen Sinn, Doc. Ich kann es nicht erklären; ich kann Ihnen auch nicht mehr sagen.«

»Schön. Ich glaube Ihnen. *Sie* können es nicht. Aber vielleicht kann es Ihr sogenanntes Unterbewußtsein. Wollen Sie es auf einen Versuch ankommen lassen?«

Ich mußte nicken. Aber ich kam ins Schwitzen. »Was haben Sie vor? Wollen Sie mich hypnotisieren? Oder soll ich eine dieser Wahrheitsdrogen schlucken?«

Schwarm lächelte. »Wir wollen nicht dramatisch werden, Phil. Normalerweise wende ich solche Methoden nicht an. Und weil wir schon dabei sind, könnte ich auch gleich etwas zu Ihrer Bildung beitragen. Dieses ›Unterbewußtsein‹, wie Sie es nennen, ist heute schon ein ziemlich veralteter Begriff. Meiner Meinung nach besteht weder auf körperlichem noch auf seelischem Gebiet eine Abgrenzung, die man als ›Unterbewußtsein‹ bezeichnen könnte. Es gibt nur ein Bewußtsein, das sämtliche Eindrücke empfängt und weiterleitet. Manche dieser Eindrücke sind unangenehm. Sie werden daher unterdrückt oder sogar verdrängt. Trotzdem wurden sie empfangen; sie sind in der einen oder anderen Form vorhanden. Manchmal als Wachtraum, manchmal als Symbolismus; aber sie sind ständig gegenwärtig und bereit, sich mitzuteilen, selbst in verzerrter Form. Das Wesen der Einbildung liefert den Schlüssel zur Wirklichkeit. Der Geist versucht, sich verständlich zu machen. Können Sie mir folgen?«

»Nicht ganz.«

»Das kommt schon noch.«

Er ging zu seinem Karteischrank und kam mit einem dicken Aktenordner zurück.

»Was ist das?«

»Die Methode, die ich zur Auffindung von Hinweisen benutze. Vermutlich haben Sie schon davon gehört. Es ist der Rorschachtest; die Karten mit den Tintenklecksen. Sie sehen sich die Kleckse an und sagen mir, was Ihnen dazu einfällt. Ganz einfach.«

Er hatte recht. Es war ganz einfach. Ich sah die Karten an, die er mir hintereinander blitzartig hinhielt, und er vermerkte meine Reaktionen. Manche Karten waren rot, andere rot und orange und wieder andere rot, orange und blau und grün. Wir gingen die ganze Reihe durch. Dann noch einmal, in anderer Reihenfolge. Dann ein drittes Mal hintereinander. Er fragte mich nach meinen Eindrücken, und ich antwortete ganz ehrlich. Schwarm machte sich Notizen. Dann legte er die Karten weg, lehnte sich zurück und las. Ab und zu stieß er auf eine Bemerkung, die ihn zu einer Frage veranlaßte. Ich beantwortete alles.

Endlich richtete er sich auf und schob seine Aufzeichnungen weg.

»Nun, wie lautet das Urteil?« fragte ich. »Bin ich ein Pyromane?«

»Diese Frage haben Sie selbst schon vor kurzem beantwortet«, lächelte er. »Haben Sie nicht gesagt, daß wir Ihrer Meinung nach im Grunde unseres Herzens alle potentielle Pyromanen sind?«

»Das war bloß so dahergeredet. Ich weiß nicht mal, was ein echter Pyromane ist.«

»Ich auch nicht. Unterhalten wir uns doch mal darüber. Vielleicht entdecken wir dabei etwas.«

»Ja«, sagte ich. Aber ich wollte mich nicht darüber unterhalten; ich wollte auch nicht, daß er dabei etwas entdeckte.

Deshalb ließ ich ihn reden.

»Zuerst einmal denken wir an Feuer. Feuer ist eine Urkraft. Der Lebensfunke. Das Feuer der Sonne; Hitze, Licht, Bewegung. Das erkennen wir alle, und es zieht uns an. Deshalb ist die rote Farbe so beliebt. Es ist die primitivste und die aufreizendste Farbe. Übrigens auch die erste, die das Kleinkind erkennt. Rot ist Feuer.«

»Und Blut«, warf ich ein.

»Richtig. Zu der Symbolsprache, die wir alle verwenden, bedeutet Blut: Leben. Feuer ist also Blut; und Feuer ist Leben; darüber hinaus ist Feuer noch etwas anderes. Es ist ein Zauber. Sie werden in den Märchen sämtlicher uns bekannter Kulturkreise den Feuerzauber finden. Die Perser verehren das Feuer, wie Zoroaster es sie gelehrt hat. Vesta und Agni waren Feuergottheiten. Sie haben die alte griechische Sage von Prometheus gehört, der den Göttern das Feuer gestohlen hat. Auch in anderen Religionen kommt dieses Bild immer wieder vor. Unsere Bibel bringt immer wieder das Feuer mit dem Übernatürlichen in Verbindung. Denken Sie an Moses und den brennenden Dornbusch; oder an die Feuersäule, die den Juden den Weg gezeigt hat.«

»Heiligenscheine«, ergänzte ich. »Und die Engel mit den Flammenschwertern.«

»Richtig. In jeder religiösen Zeremonie spielt das Feuer eine Rolle. Denken Sie an die Altarfeuer; das Opferfeuer; schließlich die Inquisition, die die Ketzer auf dem Scheiterhaufen verbrannt hat. Selbst die Alchemisten des Mittelalters hofften, den Stein der Weisen durch Erhitzung von Quecksilber zu finden. Feuer hatte schon immer etwas Geheimnisvolles an sich. Es ist die Quelle des Lebens und der Schöpfung; gleichzeitig aber auch die des Todes und der Vernichtung. Es ist ein Zaubermittel. Selbst ein Kind erfaßt das. Wer ein Feuer legt, erschafft eine neue Welt und zerstört gleichzeitig eine alte. Ein Feuer kann jeder legen. Nach unseren Statistiken liegt bei siebzig Prozent aller Pyromanen die Intelligenz unter dem Durchschnitt.«

»Dann wissen Sie also doch einiges über Pyromanie?«

»Ein bißchen.« Er ging zu seinen Bücherregalen, kramte darin und kehrte mit einem Band zurück, den er aufschlug und sich ansah. »Die amerikanische Gesellschaft für Psychiatrie reiht den Pyromanen unter Psychasthenie und Zwangsvorstellungen (002-X21) mit symptomatischen Erscheinungen ein. Sagt Ihnen das etwas?«

»Nein.« Ich zögerte. »Höchstens, daß die meisten Brandleger nach Ihren Worten Schwachsinnige oder Idioten sind, die unter der Zwangsvorstellung leiden, alles anzünden zu müssen. Aber warum? Und was ist mit den dreißig Prozent, die durchschnittlich oder vielleicht sogar sehr intelligent sind? Aus welchem Grund legen die Feuer?«

»Das ist eben die Frage.«

»Sehen Sie mich doch nicht an. Ich habe doch keine Ahnung«, sagte ich.

»Bestimmt nicht?« Schwarm schlug sein Vormerkbuch auf. »Was bedeutet Ihnen das Wort ›Feuer‹? Welche anderen Worte fallen Ihnen dabei ein? Wir wollen mal sehen, was Sie im Augenblick mit ›Feuer‹ assoziieren.«

»Worte und Redewendungen natürlich. Feuerwasser. Höllenfeuer. Feuereifer. Genieblitz. Mit dem Feuer spielen. Ein Arbeiter wird gefeuert. Brennende Sehnsucht. Glühende Liebe. Hitziges Gemüt. Hitzige Stute. Brandfackel. Man sieht rot. Alte Flamme. Besser heiraten als verbrennen. Heiße Leidenschaft.« Ich zuckte die Achseln. »Genügt das?«

»Reichlich. Nehmen wir uns jetzt Ihre Worte einmal genauer vor. Welche Bilder lösen diese Redewendungen bei Ihnen aus?«

»Manche bedeuten Bestrafung, nicht wahr? Die Hölle oder das Fegefeuer. Und die meisten haben eine sexuelle Bedeutung.«

»Genau. Jeder von uns verwendet diese Redewendungen im täglichen Sprachgebrauch. Aber manche Menschen denken auch in diesen Begriffen, die für sie eine sehr reale Bedeutung haben.

Es kann uns nicht überraschen, daß die meisten Brandstifter diese Richtung in den letzten Pubertätsjahren einschlagen. Zu diesem Zeitpunkt kann eine unzureichende, sexuelle Anpassung zur paranoiden Schizophrenie führen. Eifersucht, Rivalität, Impotenz oder Frigidität; Perversion und Fetischismus; sie alle können dabei eine Rolle spielen. In solchen Fällen entladen sich aufgestaute Emotionen in Form der Brandstiftung.

Symbolisch gesehen ersetzt das Legen des Feuers den Geschlechtsakt. Es kann der Ersatz für Blutschande oder irgendeine andere unerlaubte Form einer sexuellen Beziehung sein. Das Feuer erweckt gleichzeitig Angst und Wollust. Manche Brandstifter glauben, daß sie ein Feuer besser zügeln können als ihre eigenen Emotionen. Für andere wieder ist es ein potenteres Instrument als der eigene Körper. In beiden Fällen tritt die Entspannung ein – vorübergehend. Da sich die Grundsituation aber dadurch nicht ändert, muß die Tat wiederholt werden. Auf diese Art entstehen die Brandstifter.«

»Aber wenn ein Mensch weiß, wie es um ihn steht, sucht er dann keine Hilfe?« fragte ich.

»Das ist es ja. Die meisten Pyromanen gestehen nicht einmal sich selbst die Wahrheit ein. Manche sind während der Tat in einer Art Trance; sie können sich nachher an nichts mehr erinnern. Andere hören Stimmen, die ihnen

Befehle erteilen. Sie haben das Gefühl, daß ein anderer das Feuer gelegt hat. Ob und welchen Schaden sie anstellen, läßt sie dabei kalt. Da machen sie sich schon mehr Sorgen darüber, was die Polizei von ihnen hält. Sie empfinden es nicht als unrecht, symbolisch die Liebe oder geliebte Personen zu zerstören. Sämtliche Brandstifter sind nämlich auch durchaus fähig, einen Mord zu begehen. Wenn ihre Pläne vereitelt werden, sind sie unberechenbar. Einmal hatte ich einen jungen Burschen mit sämtlichen klassischen Symptomen hier; ein Bettnässer mit zyklothymen Zügen und der urethralen Sadismuskomponente. Er hat den weißen Mäusen, die er sich als Haustiere gehalten hat, die Köpfe abgebissen.«

»Bezaubernd«, sagte ich. »Den Teil über die Mäuse habe ich verstanden. Der Rest war mir zu schwierig. Können Sie mir das nicht mal näher erklären?«

»Natürlich. Stellen Sie sich folgendes vor. Die meisten Pyromanen stammen aus armen Verhältnissen. Zerrüttetes Familienleben, die Ehe der Eltern gescheitert, Vater oder Mutter oder beide haben außereheliche Liebschaften. Der typische Pyromane – obwohl ich keinen Fall gern als ›typisch‹ bezeichne – ist ein gehorsamer Sohn, der seine Mutter verehrt, aber seinen Stiefvater oder jeden Mann, der eine Rolle in ihrem Leben spielt, haßt. Außerdem verdächtigt er sie der Unzucht. Da er es aber nicht wagt aufzumucken, flüchtet er sich entweder in den Alkohol oder in eine unglückliche Frühehe. Oft ist die Lage auch durch einen Körperfehler oder eine Entstellung erschwert, wodurch er besonders unter dem Gefühl leidet, daß ihn niemand mag. Nach außen hin ist der Brandstifter natürlich ein braver Bürger.

Nie gerät er mit Vorgesetzten in Streit. Er gibt sich gesellig und hilfsbereit, aber immer, wenn ihm eine Lage unerträglich wird, reißt er aus. Er läuft von seiner Mutter, seinem Heim, seiner Arbeit, dem Militär und jeder Gegenüberstellung mit der Wirklichkeit fort, die ihm unerfreulich erscheint. Und er findet, daß nicht er daran schuld ist. Sein Vater ist es, der ihn straft, der ihm den Körperfehler mitgegeben hat, der seine Mutter mißhandelt und verlassen und sie vergewaltigt hat. Er haßt seinen Vater, aber er wagt es nicht mal in seinen Gedanken, ihm offen zu trotzen. Deshalb flüchtet er sich in irgendeine Traumwelt, in der ihm eine böse Stimme – die natürlich nichts anderes als eine verschleierte Form für seinen Vater ist – rät, das Feuer zu legen. Oder sie stachelt ihn zu Gefühlen auf, die er nicht offen zu befriedigen wagt, weshalb er sich die Ersatzbefriedigung der Brandstiftung sucht.«

»Ihr Seelenärzte seht in allem nur abwegige sexuelle Wünsche«, sagte ich.

Schwarm schüttelte den Kopf. »Wir versuchen bloß zu erkennen, was bereits vorhanden ist. Und beim Pyromanen ist die sexuelle Komponente nicht zu übersehen. Zuerst der Spannungszustand, bis sich der Wunsch nach Befriedigung nicht länger unterdrücken läßt; danach Ekstase und Entspannung.«

»Interessant«, sagte ich. »Aber was hat das mit mir zu tun? Sie haben mich einer Reihe von Tests unterzogen, Doc. Jetzt bin ich auf Ihr Urteil gespannt.«

Schwarm zündete sich wieder eine Zigarette an. »Erzählen Sie mir doch, was Sie sich denken.«

Ich zögerte kurz. »Ich scheine nicht recht in die Schablone zu passen, finde ich. Meine Eltern waren sehr glücklich miteinander, und ich hatte eine glückliche Kindheit. Die Pubertät habe ich längst hinter mir; unter irgendwelchen körperlichen Mängeln leide ich auch nicht; ich bin weder nach außen hin ein Duckmäuser noch ein heimlicher Revoluzzer. Und Spaß macht es mir auch nicht, Feuer zu legen oder die Feuerwehr auffahren zu lassen; vielmehr fürchte ich mich vor dem Feuer. Aber was schließen Sie aus den Tests?«

»Genau das, was Sie mir gesagt haben. Sie sind kein Pyromane; aber die Anlage dazu hat wohl jeder.« Er neigte den Kopf, dann sah er auf und sagte: »Aber in Ihrem Denken nimmt das Feuer einen sehr großen Raum ein. Beinahe ließe sich schon von einem Feuerkomplex sprechen. Und Sie haben mir schon sehr oft versichert, daß Sie vor dem Feuer Angst haben. Warum?«

»Weiß ich nicht.«

»Hat es in Ihrer Vergangenheit einen Zwischenfall gegeben, bei dem das Feuer eine Rolle gespielt hat?«

»Nicht daß ich wüßte.«

»Und was ist mit Ihren Träumen, Phil? Träumen Sie jemals von –«

Ich hörte, daß die Tür im Vorraum geöffnet wurde. Ich war gerettet. »Sie haben Besuch, Doc«, sagte ich und stand auf. »Vielleicht unterhalten wir uns ein andermal weiter.«

»Gut.« Er stand auch auf. »Ich glaube, ich könnte Ihnen helfen, Phil, wenn Sie mich nur ließen. Und Sie könnten sich selbst helfen.«

»Natürlich.« Ich wandte mich zur Tür.

»Wollen Sie den Nebenausgang benutzen?« Er zeigte auf eine zweite Tür links. »Ich erwarte noch andere Leute. Dalton hat mich gebeten, sie den gleichen Tests zu unterziehen.«

»Das ist vernünftig. Vielen Dank für die Zeit und Ihre Mühe.«

»Sind Sie zu Hause, falls – falls sich irgend jemand mit Ihnen in Verbindung setzen möchte?«

»Ich habe nicht die Absicht, aus der Stadt zu verschwinden, Doc«, sagte ich. »Sagen Sie also Ihrem Freund Dalton, er soll sich deswegen keine grauen Haare wachsen lassen. Ich bleibe schon hier wegen des –«, meine Hand lag schon auf der Türklinke, und ich wollte aus dem Zimmer sein, bevor ich das letzte Wort aussprach.

»Feuerwerks?« ergänzte Schwarm.

»Genau.« Ich grinste. »Pyromanen aller Länder, vereinigt euch!«

9

Gegen neun Uhr war ich zu Hause; ich schlief bis halb vier Uhr durch. Zweimal fing mein Traum an, aber ich wachte jedesmal rechtzeitig auf. Dann döste ich wieder ein. Als ich aufstand, fühlte ich mich frischer.

Ich hatte eben geduscht, als das Telefon klingelte. Tropfend schlurfte ich zum Apparat.

»Hallo?«

»Phil? Ed Cronin hier. Wo, zum Teufel, stecken Sie denn nur?«

»Lesen Sie mal die Zeitungen.«

»Das würde ich *Ihnen* empfehlen! Was ist in dieser Stadt nur los? Ich bestelle bei Ihnen zwei Geschichten für die Sonntagsbeilage, und Sie landen genau in der größten Lokalstory der letzten drei Jahre.«

»*Phil Dempster, der Starreporter*«, sagte ich. »Haben Sie mich angerufen, um mich um ein Autogramm zu bitten?«

»Ihren Artikel will ich haben!« schrie Cronin mich an. »Augenblicklich!«

»Aber die Geschichte hat sich doch totgelaufen«, sagte ich. »In Rauch aufgelöst. Wenn ich mir schon mal einen ehrlichen Dollar verdienen will, bricht ein Irrer sämtliche Brücken vor mir ab.«

»Was heißt das, die Geschichte hat sich totgelaufen!? Sie ist heißer denn je. Sie haben doch Ricardis Leiche gefunden, oder? Das wollen wir schwarz auf weiß haben. Die Sekten können uns derzeit gestohlen bleiben. Ein Reporter des ›Globus‹, der an einem Sonderauftrag arbeitet, gerät unversehens – Na, Sie wissen schon, was ich meine. Lesen Sie die Zeitung!«

»Haben Sie darüber geschrieben?«

»Natürlich. Wir haben das Foto vom Einband Ihres Buches genommen; wir haben die Sache ganz groß herausgebracht. Jetzt brauchen wir für morgen eine Fortsetzung. Einen Exklusivbericht. Wie schnell können Sie mir tausend Wörter liefern? Ich möchte ihn an die Nachrichtenagentur weitergeben –«

»Hören Sie, Cronin, ich muß mich an die Arbeit machen und einen dieser Artikel für Sie schreiben. Falls ich noch eine Sekte finden kann, die nicht in Flammen aufgeht, ehe ich ihr in die Nähe komme.«

»Lassen Sie doch diese Artikel. Das ist wichtig.«

»Zwölfhundert Dollar sind mir wichtiger.«

»Schön, dann zahlen wir sie Ihnen auch ohne Artikel. Wann bekomme ich meine tausend Wörter?«

Ich sah auf meine Uhr. »Sind Sie bis sechs in der Redaktion?«

»Klar.«

»Dann komme ich zu Ihnen.«

»Kämmen Sie sich. Wir machen noch eine Aufnahme von Ihnen.«

»Wie Sie befehlen. Soll ich einen Feuerwehrhelm aufsetzen?«

»Halten Sie die Klappe, und machen Sie sich an die Arbeit.«

Ich hielt die Klappe und machte mich an die Arbeit. Ich schrieb ihm die verlangten tausend Worte über die Kirche des Goldenen Atoms. Ich brachte auch meinen kleinen harlekingesichtigen Freund in dem Artikel und stellte ihn als die Schlüsselfigur des Rätsels heraus. Das war nicht weiter schwierig, weil ich damit die Wahrheit sagte. *Er* wußte, was hier gespielt wurde; er wußte auch, warum. Und ich gab bloß den Dummen für ihn ab.

Ich schrieb meine Schauergeschichte fertig, warf mich ins Auto und fuhr ins Zentrum. Cronin erwartete mich unter der großen Uhr in seinem Büro.

Ich warf ihm das Manuskript auf den Schreibtisch und deutete auf die Zeiger. »Fünfzehn Minuten vor der Zeit. Ist das ein Tempo?«

Er schnaubte und warf mir eine Zeitung zu. »Lesen Sie das, während ich mir Ihren Artikel ansehe.«

Es war ein Bombenartikel. Cronin hatte die Sache so dargestellt, daß ich – oder eigentlich der »Globus« – die Heldenrolle dabei spielte. Und ich – wobei ich wieder den »Globus« meine – war nun im Begriff, die geheimnisvollen Brände aufzuklären, die die Stadt in Schrecken versetzten.

»Grauen in der ganzen Stadt!« Sehr pompös. Aber so schrieb er eben; er machte einen richtigen Knüller daraus. Die halbe Titelseite war dem Brand gewidmet. Ich sah mein Foto, Daltons Foto, Ricardis Foto. Es folgte ein langer Artikel über Ricardi, dem viel von dem Material zugrunde lag, das ich in meinem Notizbuch hatte. Offenbar hatte der Reporter, der die ersten Unterlagen zusammengetragen hatte, den Auftrag übernommen.

Ich erfuhr, daß morgen vormittag, also Samstag, eine Untersuchungskommission tagen sollte und daß die Polizei meinen kleinen Freund suchte. Ausgezeichnet. Dann hatte Dalton meine Aussage also doch ernst genommen.

Alle nahmen die Sache ungemein ernst. Vielleicht hatte Cronin zuviel Nachdruck auf das allgemeine Entsetzen gelegt. Einer seiner Schnüffler hatte eine Reihe von Hausfrauen befragt, die in Eisenwarenhandlungen Türschlösser einkauften, und Familienväter interviewt, die Patronen für Flinten gekauft hatten. Die Polizei nahm jeden Verdächtiger fest und überprüfte jeden, der als Brandstifter in der Stadt bekannt war. Volldampf voraus! Ungemütlich, daß ich ständig an Rauch denken mußte.

»In Ordnung!« Cronin klatschte mein Manuskript auf den Tisch. »Ich werde es noch ein bißchen aufmöbeln und morgen bringen. Jetzt gehen Sie mit mir nach oben und stellen sich dem Fotografen.«

»Ist das Ihr Ernst?«

»Und ob!« Wir traten auf den Korridor und stiegen die Treppe hoch. »Von jetzt an sind Sie mit dieser Geschichte verheiratet. Vielleicht gibt Ihnen die morgige Untersuchung irgendwelche Hinweise. Oder einer unserer Leute kriegt was raus. Was ich erfahre, gebe ich Ihnen sofort weiter. Der Alte will die Story richtig ausschlachten. Und da stecken Sie ja drin.«

»Bis man mir den Hals umdreht.«

»Mulmig?«

»Keine Spur. Meinen Schrecken habe ich schon gestern

abbekommen. Die Geschichte mit dem kleinen Verrückten habe ich nämlich nicht erfunden. Der hat mir wirklich das Messer an die Rippen gedrückt.«

»Glauben Sie, daß er den Brand gelegt hat?«

»Den letzten bestimmt nicht. Das ist unmöglich. Aber den ersten vielleicht. Und er ist bestens informiert. Irgend etwas ist da im Gange, und es hat mit den Sekten zu tun.«

»Das herauszufinden ist Ihre Aufgabe.«

»Meine Aufgabe ist es, am Leben zu bleiben«, antwortete ich.

Cronin stand stumm daneben, als der Fotograf mich auf einen Stuhl schob, mich mit seinen Blitzlichtern blendete und hintereinander drei Aufnahmen schoß.

»Das wär's«, sagte er dann. Ich stand auf; Cronin legte mir den Arm um die Schulter.

»Sie dürfen mich jetzt nicht im Stich lassen, Phil, wo Sie doch schon so tief in der Sache stecken.«

»Noch etwas tiefer, dann stecke ich im Grab.«

»Unsinn. Ich verlange ja nicht, daß Sie sich in Gefahr begeben. Halten Sie einfach die Augen offen. Wenn wir Ihnen einen Tip liefern können, gehen Sie ihm nach. Im Grunde nichts weiter als eine Routineangelegenheit. Aber vielleicht gelingt uns ein Volltreffer.«

»Captain Dalton wird vor Seligkeit außer sich sein, wenn er erfährt, daß einer seiner Hauptverdächtigen jetzt den Detektiv spielt«, sagte ich.

»Denken Sie nicht an Captain Dalton«, riet Cronin mir. »Er kann Ihnen gar nichts vorwerfen, Phil. Glauben Sie mir, davon habe ich mich gründlichst überzeugt. Übrigens wird er Sie morgen auf jeden Fall zur Untersuchung vorladen. Sie müssen hingehen. Warum sollten Sie also nicht gleich ein Honorar aus der Vorladung schlagen und sie mit

Ihrem Auftrag verbinden? Ergibt sich nichts, dann schreiben Sie uns für den Sonntag eine Geschichte über den kleinen Irren. Unterhalten Sie sich mit ein paar Ärzten, und lassen Sie sich über Brandstifter informieren.«

Ich grinste. »Schon geschehen«, sagte ich.

»Gut. Rufen Sie mich morgen gleich nach der Untersuchung an. Ich werde zwar auf jeden Fall zwei Reporter dort haben, aber ich wünsche Ihre Stellungnahme.«

»In Ordnung.«

Ich ließ ihn auf dem Korridor zurück und fuhr mit dem Fahrstuhl nach unten. Es war Zeit zum Essen.

Der »Dinner Gong« war voll besetzt, aber ich entdeckte eine Loge, in der ich allein essen konnte. Nur war ich nicht allein. Mir gegenüber saß ein Mädchen mit kupferrotem Haar; und neben ihr ein blasser kleiner Mann mit blutenden Lippen. Als nächstes kam die goldene Erscheinung des Professor Ricardi, bloß war sie nicht mehr golden – sie war purpurrot, gesprenkelt und entzündet. Und während ich das Gesicht anstarrte, veränderte es sich und zerrann in eine andere verkohlte, verstümmelte Maske. Ich riß den Blick los und sah jetzt einen anderen Gast an. Dr. Schwarm, glaube ich. Dieser Dr. Schwarm, der wußte, daß jeder, der eine krankhafte Angst vor Feuer hatte, die Anlagen zum Brandleger in sich trug; der überdies wußte, daß ein Brandstifter manchmal nicht mehr wußte, was er getan hatte. Der Alkohol enthemmt ihn; und wenn er dann betrunken durch die Gegend zieht und die Flammen aufsteigen, weiß er nicht genau, was eigentlich passiert ist. Und wenn er vom Feuer träumt und es einen Abschnitt in seiner Vergangenheit gibt, über den er nicht sprechen will, dann ist es möglich, daß er –

Ich kniff die Augen so lange zu, bis die Gedanken vergingen und die Gesichter verschwanden. So ein Unsinn. Ich war allein. *Ganz allein.*

Aber diese Vorstellung war auch nicht sehr ermunternd. Ich war ganz allein, aber irgendwo in dieser Stadt gab es noch einen anderen. Einen Mann, dem ich noch nie begegnet war, der mich aber kannte. Er mußte jetzt über mich im Bilde sein, weil er die Zeitungen gelesen hatte. Er wußte, daß ich seinen Plänen gefährlich werden konnte, und er war klug genug, um zu handeln.

Schwarm hatte vermutlich recht, als er sagte, daß die meisten Brandstifter Halbwüchsige und von unterdurchschnittlicher Intelligenz seien. Aber diese beiden Verbrechen waren nicht das Werk eines Halbwüchsigen. Auch nicht das eines unterdurchschnittlich intelligenten Menschen. Abnormal käme schon eher hin. Abnormal und abnormal schlau. Diese Brände hatten einen Zweck gehabt. Sie waren geplanter Mord.

Auch das hatte Schwarm mir gesagt. »Sämtliche Brandstifter sind fähig, einen Mord zu begehen.«

Und hier handelte es sich nicht um die *eventuelle* Fähigkeit zu morden, sondern um einen *mehrfachen* Mörder. Und diesem Mann war ich bekannt. Er konnte mich jederzeit überfallen; er wußte, daß ich ganz allein war.

Ich konnte nicht zu Ende essen. Ich mußte weg von hier. Als ich den Wagen gestartet hatte, mußte ich mich dazu zwingen, ihn zu meiner Wohnung zu lenken.

Hat Schwarm nicht genau das gesagt? Brandstifter sind schwache Menschen, die vor der Wirklichkeit flüchten.

Also?

War ich es nun, oder war ich es nicht?

Das ließ sich nur feststellen, wenn ich hierblieb. Und ich wollte die Wahrheit erfahren.

Es war noch nicht ganz dunkel; das half mir. Die Straßenlampen schimmerten beruhigend hell. Ganze Reihen mechanischer Kerzen, die mich heimgeleiteten. *Feuer ist gefährlich, aber es gibt Licht, und das Licht schützt uns vor der Finsternis. Die Mächte der Finsternis. Wir fürchten das Feuer, und Schwarz ist Tod.*

Ich bog um die Ecke, stellte den Wagen ab und überquerte die Straße. Dann sah ich es breit vor meinem Hauseingang stehen. Es war ein großer Wagen; er war schwarz. Pechschwarz. Schwarz wie der Tod.

Jemand erwartete mich.

Nur wenige Stunden waren vergangen, und schon erwartete mich jemand. Er wartete in einem großen, schwarzen Leichenwagen.

Ich blieb stehen; ich zögerte. Ich versuchte, aus dem Augenwinkel ins Innere des Wagens zu schielen, aber es gelang mir nicht. Im Grunde wollte ich auch gar nichts sehen. Die Neugier half mir in diesem Fall auch nicht weiter. Der Schweiß trat mir auf die Stirn, und mir wurde mit erschreckender Deutlichkeit bewußt, daß ich besser als jeder andere über die Sekten informiert und als erster am Tatort von zwei Morden gewesen war. Vielleicht hatte ich etwas gesehen, was ich nicht hätte sehen sollen. Aber ein anderer konnte das nicht wissen. Ein anderer mochte annehmen, daß ich bedeutend mehr wußte, als es der Fall war, und daß meine angebliche Kenntnis und Captain Daltons Amtsgewalt sich ausgezeichnet ergänzten.

Ich hatte immer noch Zeit umzukehren. Vermutlich würde mir das schwarze Auto folgen. Aber ich konnte ja zur Polizei fahren. Dalton würde mich beschützen. Der Versuch lohnte sich. Ich drehte mich um und machte zwei Schritte.

Da flog der Wagenschlag auf. Und die Stimme erreichte mich. »Mr. Dempster! Ich möchte Sie sprechen!«

Es war eine leise, melodische Stimme. Eine Frauenstimme. Ich sah flüchtig hin und bemerkte, daß die Straßenbeleuchtung eine Gloriole um blondes Haar legte. »Bitte, Mr. Dempster, ich muß Sie unbedingt sprechen. Ich bin Agatha Loodens.«

Ich machte kehrt und überquerte wieder die Straße. Ich stand vor Ricardis Freundin.

10

Agatha Loodens lehnte sich auf meinem Sofa zurück und hielt ihr Glas in der Hand. Es paßte ausgezeichnet zu ihrer Aufmachung; dem gelben Kleid, den goldenen Ohrringen, dem glatten, blonden Haar, das sie im Nacken zu einem Knoten geschlungen hatte. Ihr Haar hatte die gleiche Farbe wie der Whiskycocktail.

»Sitzen Sie bequem?« fragte ich.

»Sehr.« Sie lächelte. Ihre Zähne waren auffallend weiß und sehr regelmäßig. Alles an ihr war überbetont.

»Dann erzählen Sie mir doch, worüber Sie mit mir sprechen wollten.«

Sie lachte. Es klang tatsächlich sehr melodisch. »Sie sind aber sehr direkt, Mr. Dempster. Ich hatte gehofft, wir könnten mein Kommen als einen freundschaftlichen Besuch ansehen.«

»Sie meinen, eine Totenwache? Immerhin ist Joe tot...«

»Bitte.« Jetzt lachte sie nicht mehr. »Darüber möchte ich jetzt lieber nicht sprechen.«

»Und ich dachte, Sie wären deshalb zu mir gekommen.«

»Nicht ganz.« Sie beugte sich vor und stellte ihr Glas auf den niedrigen Tisch, der zwischen meinem Stuhl und dem Sofa stand. »Aber – Sie haben ihn Joe genannt. Woher kennen Sie seinen richtigen Namen?«

»Aus den Zeitungen«, antwortete ich. »Da kann man alles über ihn nachlesen.«

»Natürlich«, nickte sie. Dann griff sie wieder nach ihrem Glas. Ehe sie trank, sagte sie: »Oder beinahe alles.«

»Und das heißt?«

»Das möchte ich ja von Ihnen erfahren.«

Ich stand auf und ging zur Hausbar, wo ich mir noch einen Whisky mixte. »Wir sind hier nicht auf einem Sportplatz«, sagte ich. »Ihre Boxhiebe können Sie sich für woanders aufheben.«

»Wie grob von Ihnen.«

»Ich bin nun mal ein grober Mensch. Ein grober und müder Mensch. Die letzten drei Tage waren nämlich sehr anstrengend für mich. Man hat mich sämtlichen Kreuzverhören unterworfen, die man sich nur vorstellen kann. Polizei, Reporter, ein Psychoanalytiker –«

»Ach, dann sind Sie also auch bei Dr. Schwarm gewesen. Hat er mit Ihnen auch diesen komischen Test angestellt?«

Ich nickte. »Jawohl. Und falls es Sie interessieren sollte, ich habe diesen komischen Test erfolgreich bestanden.« Ich ging wieder zu meinem Stuhl, setzte mich und beugte mich vor. »Mit anderen Worten, Mrs. Loodens, ich bin kein Brandstifter, falls Sie das wissen wollten.«

»Aber ich habe diese Möglichkeit überhaupt nicht in Betracht gezogen. Sie sind aber wirklich sehr mißtrauisch, Mr. Dempster!«

»Richtig. Und weil wir schon davon sprechen, wie steht es mit Ihnen? Wie haben Sie die Tintenkleckse bewältigt?«

Sie nahm einen winzig kleinen Schluck. »Ich habe darin keinerlei Lampen oder Fackeln oder Feuerherde gesehen, falls Sie das meinen sollten. Ich fürchte, meine Reaktionen waren rein – weiblicher Natur. Ja, ich muß gestehen, ich glaube, ich habe den Doktor ein bißchen schockiert.« Sie lächelte und räkelte sich. Der Rock rutschte ihr dabei ein Stückchen höher. Zu jedem anderen Zeitpunkt hätte ich vielleicht Appetit bekommen. Dem Geburtsschein nach mochte sie ein oder zwei Jahre älter sein als ich, aber sie war ganz besonders gut erhalten. Vielleicht nahm sie die ATOMENERGIEKAPSELN und verwendete die VITALCREME. Ganz bestimmt sogar.

Ich zwang mich wieder zu einer nüchternen Tonart. »Nachdem wir unsere Befunde also ausgetauscht haben, könnten Sie mir vielleicht verraten, was Sie von mir wollen. Wollen Sie mir vielleicht ein Geschäft vorschlagen?«

»Möglich.« Sie beugte sich vor. »Haben Sie Amos Peabody gekannt?«

»Nein.«

»Und Sie wissen auch nichts über seinen Betrieb?«

»Seine Religionsgemeinschaft?«

»Ich sagte ›Betrieb‹, Mr. Dempster. Sprechen wir doch offen miteinander – er hat ein Geschäft geführt, genau wie Joe.«

»Das geben Sie zu?«

»Warum nicht?« Sie schob sich einen Ohrring zurecht. »Ich möchte Ihre Intelligenz nicht mit Heuchelei beleidigen. Die Kirche des Goldenen Atoms war eine hübsche kleine Melkkuh. Mit der Zeit hätte sie sich zu einer hübschen großen Melkkuh entwickeln können. Aber nach den jüngsten Ereignissen ist es dazu zu spät. Und deshalb interessiert es mich: was geschehen ist und warum es geschehen ist.«

Ich sah sie fest an. »Vielleicht wenden Sie sich damit am besten an Ihren Rechtsberater, Mr. Weatherbee.«

Ihre Augen wurden schmal. »Warum sagen Sie das?«

»Weil er sich doch eine Meinung darüber gebildet haben wird. Immerhin ist er Ihr Geschäftspartner.«

»Er war es bis vor einem Monat.« Sie nippte an ihrem Cocktail. »Oder wissen Sie das auch schon?«

»Nein, das ist mir neu.«

»Wir konnten uns über die Zukunftsplanung nicht einigen. Mr. Weatherbee war dafür, daß wir uns mit anderen Organisationen zusammentun; Joe sollte die Leitung übernehmen. Joe mißfiel dieser Gedanke. Deshalb stieg Don aus; wir haben den Betrieb allein weitergeführt.«

Ich nahm ihr das Glas ab, um es nachzufüllen, und sagte über die Schulter zu ihr: »Sehr interessant. Da gibt es drei Partner, die aus einer gutgehenden, wachsenden Sekte Geld scheffeln. Und bloß weil Weatherbees Vorschlag abgelehnt wird, steigt er aus und verzichtet auf eine angenehme, mühelose ständige Einnahmequelle, an deren Aufbau er seit Jahren mitgearbeitet hat. Das nenne ich Idealismus.«

Sie riß mir das Glas, das ich ihr anbot, beinahe aus der Hand. »Was soll der Spott?«

»Ich denke mir bloß, daß Ihr Freund Joe – oder Professor Ricardi, wie seine Anhänger ihn nennen – Weatherbee ausgebootet hat. Vermutlich hat er bemerkt, daß Weatherbee ein anderes Ziel verfolgt.«

»Was für ein Ziel sollte das denn wohl sein?«

»Ein höchst naheliegendes, an das wohl jeder Mann denkt, der zuviel Zeit mit Ihnen verbringt.«

»Also, ich muß schon sagen!« Sie lachte. »Ich bin in meinem ganzen Leben noch nie so schmeichelhaft beleidigt worden –«

»Na schön. Aber habe ich recht?«

Agatha Loodens seufzte. »Ja. Don hat mir schöne Augen gemacht. Und Joe hat gedroht, ihn zu verprügeln.«

Ich nickte. »Und das genügte, daß Weatherbee entsetzt auf seine sicheren zwanzig- oder dreißigtausend Dollar pro Jahr verzichtete? Ich bitte Sie, Mrs. Loodens! Ich werde Ihnen wohl wieder ein wenig nachhelfen müssen. Wenn Sie mich fragen, wußte Joe etwas über Weatherbee, was der gern vertuscht hätte; er hat ihm gedroht, auszupacken, falls er seine Partnerschaft nicht niederlegt.«

Sie antwortete nicht; das war mir Antwort genug. »Welches Geheimnis hat Weatherbee denn so ängstlich gehütet?«

»Das weiß ich nicht.«

»Ricardi hat es Ihnen auch nicht verraten?« Ich kam zum Sofa, und Agatha Loodens sah mich groß an. In ihren Pupillen waren kleine goldene Pünktchen.

»Ich schätze, daß Weatherbees schlechtes Gewissen etwas mit Ihrem verstorbenen Mann zu tun hatte. Vielleicht mit dessen plötzlichem Ableben?«

Sie tastete nach ihrem Mund; da wußte ich, daß ich ins Schwarze getroffen hatte.

»Weatherbee hatte etwas mit dem Tod Ihres Mannes zu tun. Sie und Ricardi haben es gewußt, aber es war Ihnen egal, weil Sie alle gemeinsam daran profitierten. Bis Weatherbee der Ehrgeiz packte und er versuchte, Besitzerrechte bei Ihnen anzumelden. Da hat Ricardi ihm gedroht und ihn gezwungen, aus der Firma auszutreten.«

Ich nickte vor mich hin. »Jetzt verstehe ich. Sie sind zu mir gekommen, weil Sie wissen wollten, ob Weatherbee vielleicht hinter diesen Brandstiftungen steht. Sie hätten gern erfahren, ob er Ihren Freund umgelegt hat.«

»Ja, das stimmt. Deshalb bin ich hier.«

»*Hat* Weatherbee Ihren Mann ermordet?«

»Das weiß ich nicht. Ich schwöre Ihnen, ich weiß es nicht. Joe hat es gewußt, aber er wollte es mir nie sagen. Er wollte mich heraushalten.«

»Und Sie haben sich nie an die Polizei gewendet. Dazu hatten Sie keine Lust, weil sonst Ihr hübsches Geschäft geplatzt wäre. Verstehe.«

»Sie verstehen gar nichts. Sie stellen mich ja hin wie eine Verbrecherin! Daß ich einen Mann im Verdacht habe, am Tod meines Gatten schuld zu sein, und nichts unternehme! Aber so einfach war das nicht. Das Leben ist nie so einfach. Ich habe Joe geliebt. Und was hätte die Polizei wohl angenommen, wenn ich Anzeige erstattet hätte? Sie wissen es genau. Sie hätten versucht, mich zu beschuldigen, daß ich am Mordplan beteiligt gewesen bin. Dafür hätte Weatherbee schon gesorgt. Der schreckt vor nichts zurück, wenn der etwas haben will –«

»Und er wollte Sie haben«, sagte ich. »Darum glauben Sie, daß er gestern nacht Joes Tod herbeigeführt hat.«

Sie nickte. »Deshalb wollte ich mit Ihnen sprechen. Ich dachte, vielleicht wüßten Sie mehr. Und ich wollte von Ihnen hören, ob Weatherbee bei Ihnen gewesen ist, falls Sie etwas über Joes Tod wissen, und Sie bedroht hat, damit Sie den Mund halten.«

»Angenommen, es wäre so«, sagte ich. »Was würden Sie denn tun?«

Agatha Loodens stand auf. »Mir standen zwei Wege

offen, Sie umzustimmen«, erklärte sie mir. »Der erste war – dieser.«

Sie öffnete ihre Handtasche, griff hinein und hielt gleich darauf einen kleinen Revolver in der Hand.

»Interessante Methode«, sagte ich. »Und wie sieht die zweite Möglichkeit aus? Ist die auch so interessant?«

»Das müßten Sie beurteilen«, murmelte sie. Sie kam mit drei Schritten hinter dem Tisch hervor und beugte sich über mich. Ich mußte nicht einmal die Arme heben, um sie an mich zu ziehen. Sie fiel mir auf den Schoß und warf ihre Tasche zu Boden. Diese Frau war wie glühende Lava.

Ich sollte diese Methode beurteilen, hm? Schön, die Sitzung hatte begonnen. Ich starrte in diese goldgepunkteten Augen und dann an ihnen vorbei zu Boden.

Die Handtasche lag, wie sie hingefallen war. Und aus ihrem Schlund ragte eine Reihe kleiner Zungen hervor. Rote, schwarze, weiße und grüne Zungen.

Ich stieß sie von meinem Schoß. »Entschuldigen Sie«, sagte ich. »Sie haben etwas fallen lassen.« Ich bückte mich und hob eine der Zungen auf. »Streichhölzer, glaube ich.« Ich raffte mehrere zusammen. »Ich habe nicht gewußt, daß Sie rauchen.«

»Ich rauche auch nicht. Ich – ich sammle Streichholzpackungen. Das ist ein Hobby von mir. Sie haben bestimmt schon davon gehört, nicht wahr?«

»Ich habe schon von ’ner Menge Hobbys gehört.«

Sie klammerte sich an meinen Arm. »Bitte, es ist wahr! Sie glauben doch nicht, daß ich etwas mit –«

Das Telefon klingelte.

Ich richtete mich auf. Sie war sofort aufgesprungen. »Nehmen Sie nicht ab!« flüsterte sie, als ob der Apparat sie hören könnte. Ich stieß sie beiseite. Ihre Blicke verfolgten mich, als ich durchs Zimmer ging und den Hörer abnahm. Sie hörte mir mit den Ohren, den Augen, dem Mund, mit dem ganzen gespannten Körper zu. Sie beobachtete mich unverwandt, als ich den Hörer niederlegte und zurückging. Dann hielten mich ihre Arme wieder umschlungen. »Wer war das? Weatherbee?«

»Nein, Captain Dalton.«

»Etwas –?«

»Nein, bloß zur Kontrolle.«

Ihr ängstlicher Atem beruhigte sich; sie atmete jetzt langsamer und tiefer. Ihre Finger zeichneten mir Muster auf die Schultern. Sie hob den Kopf. Ich sah ihr direkt in die goldenen Augen.

»Captain Dalton hat mir einen Auftrag erteilt«, murmelte ich. »Er hat gesagt, ich solle schön artig sein und gleich zu Bett gehen. Weil ich nämlich morgen früh frisch und munter sein muß. Um bei der Leichenschau Ihres Geliebten dabeizusein.«

Sie riß sich von mir los und raffte mit schwungvoller Bewegung ihre Tasche vom Boden auf.

»Ich freue mich, daß auch Sie sich an seinen Rat halten«, sagte ich. »Und dann möchte ich Sie noch an etwas anderes erinnern.« Agatha Loodens riß die Tür so hastig auf, daß ich glaubte, sie würde meine Abschiedsworte nicht mehr hören. Aber sie hörte sie doch noch. »Kleine Mädchen wie Sie sollten nicht mit Streichhölzern spielen«, sagte ich.

Erst am nächsten Morgen ging mir auf, wie dumm ich mich benommen hatte. Ich mit meiner großen Klappe. Ich hätte ihr großherziges Angebot ruhig annehmen sollen. Dann hätte ich vielleicht selbst noch etwas erfahren.

So aber wußte ich gar nichts. Konnte Agatha Loodens die Brände gelegt haben? Hatte sie das erste Feuer als Täuschungsmanöver inszeniert, um den Eindruck zu erwecken, jemand sei darauf aus, Sekten und Sektenführer zu vernichten, und so den Verdacht auf ein anderes Gleis zu lenken, als sie Ricardi getötet hat?

Nachdem Weatherbee nichts mehr mitzureden hatte und Ricardi tot war, lag nun die Kirche des Goldenen Atoms ausschließlich in ihren Händen. Und das war nicht etwa ein abgetakelter Verein, sondern er war bestens in Schuß. Eine Goldmine war er.

Aber ob sie nicht einmal davor zurückschrecken würde, ihren Geliebten zu ermorden?

Wer weiß? Sie hatte sich gestern abend jedenfalls nicht wie eine tieftrauernde Hinterbliebene benommen.

Anderseits, wer sollte nach außen hin der Sekte vorstehen, wenn es keinen Ricardi mehr gab?

Vielleicht wollte sie diese Rolle selbst übernehmen? Oder sie hatte schon im Hintergrund einen anderen Kandidaten warten. Möglich. Kaltblütige Brandstiftung, für die ein überzeugendes, brutales Motiv vorhanden war.

Ich überlegte diese Möglichkeit, während ich mich rasierte, mir das Frühstück zubereitete und mich für die Untersuchungskommission schön machte. Ich dachte über die verschiedensten Dinge nach.

Da war auch noch ein anderes Verdachtsmoment. Diese

Streichhölzer. Angenommen, sie hatte gar keinen vorbedachten Plan, sondern litt bloß unter einer fixen Idee. Der Zwangsvorstellung, sie müßte Feuer legen.

Jedenfalls hatte sich Ricardis Mörder, wer das nun auch sein mochte, eine scheußliche Methode ausgesucht. Falls Agatha Loodens ihren Liebhaber haßte, dann hatte sie das mit der ihm zugedachten Todesart sehr drastisch ausgedrückt.

Anderseits hatte sie mir erzählt, daß sie vor diesem Rechtsberater Don Weatherbee Angst hatte. Sie fürchtete und verdächtigte ihn, am Tod ihres Mannes schuld zu sein. Vielleicht hatte sie mir die Wahrheit gesagt; vielleicht auch nur eine Teilwahrheit. Ich unterzog meine Galerie mutmaßlicher Täter einer neuerlichen Überprüfung. Agatha Loodens, Weatherbee, der Mann mit dem Harlekingesicht oder seine Vereinsbrüder der Weißen Bruderschaft plus jenem aus jedem Groschenroman bekannten großen Unbekannten.

Ich nahm an, daß man diesem großen Unbekannten im Zuge der Untersuchung die Tat anhängen würde, es sei denn, Captain Dalton und seine Leute hätten Überstunden gemacht.

Meine Vermutung bestätigte sich auch prompt.

Die Polizei hatte für ihre Untersuchung einen höchst ungewöhnlichen Schauplatz gewählt. Dalton ließ mich von einem seiner blau uniformierten Chauffeure abholen, und ich stellte überrascht fest, daß wir vor der Benson Street 1902 vorfuhren. Die Untersuchung fand in Ricardis Haus statt! Überall roch es wie in einer Räucherkammer, aber das Erdgeschoß war unversehrt.

Später begriff ich, warum man sich für diesen Ort entschieden hatte. Dafür war ein Mann namens Kleber verantwortlich, und der war Erhebungsbeamter des Nationalkomitees der Feuerversicherungen. Ricardis Haus war nämlich versichert gewesen. Kleber schien das Haus schon am Vortag gründlichst besichtigt zu haben. Kaum trat ich ein, ergriff Dalton meinen Arm und führte mich zu Kleber. Der große, grauhaarige Erhebungsbeamte war von freundlicher Beharrlichkeit. Er bat mich um eine umfassende Schilderung des Geschehens; ich erzählte ihm, was ich wußte. Natürlich hatte er das alles längst schon von Dalton erfahren, aber er wollte es noch mal hören. Später bei meiner Zeugenaussage hörte er die Geschichte sogar noch ein drittes Mal. Es hatte sich eine stattliche Anzahl von Zuhörern eingefunden. Da waren der Brandmeister und einige seiner Leute; Dalton, ein Detektiv namens Henderson; Ricardis Aufwartefrau, die halbtags bei ihm gearbeitet hatte, und noch einige andere bekannte Gesichter.

Polizisten und sämtliche Geschworenen saßen an einem Ende des Zimmers. Als Finch, der Leichenbeschauer, mich einvernahm, sah ich meine Freunde an der gegenüberliegenden Seite sitzen. Schwarm war natürlich auch da; er saß neben Dr. Oakes, der ein paar Häuser weiter wohnte und erschienen war, nachdem ich Ricardi aus dem Haus getragen hatte. Er hatte seinen Tod bestätigt. Links von Schwarm saß ein stämmiger kleiner Mann mit beginnender Glatze. Er trug einen grauen Tweedanzug. Ich hielt ihn für Don Weatherbee, und der war er denn auch wirklich. Das war mir klar, als ich bemerkte, wie er Agatha Loodens mit den Blicken verschlang.

Auch sie war erschienen; sie starrte ungeniert zurück. Zuerst zu ihm. Und dann zu mir.

Wir waren eine einzige, glückliche Familie; nur das Harlekingesicht fehlte.

Mir wäre mit seiner Anwesenheit sehr geholfen gewesen, besonders als ich aufgerufen wurde und Finch mir seine Fragen stellte. Je öfter ich den Kleinen in meiner Aussage erwähnte, desto unbehaglicher fühlte ich mich; besonders, wenn ich die Geschworenen ansah. Die reagierten überhaupt nicht. Sechs verschlossene Gesichter musterten mich streng.

Da packte mich die Angst. Die Sache konnte äußerst brenzlig für mich werden. In der Macht dieser sechs biederen Bürger, die wie die gemalten Ölgötzen dahockten, lag es, mich schuldig zu sprechen.

Ich sagte Finch alles, was ich wußte. Schwarm lächelte mir zu, aber bis auf ihn blieben alle eiskalt. Hin und wieder tuschelten Captain Dalton und Kleber mit einem anderen gutgekleideten Mann, in dem ich den Bezirksstaatsanwalt erkannte. Das gefiel mir gar nicht.

Nachdem ich meine Aussage beendet hatte, verfolgte ich den Rest der Verhandlung mit größter Aufmerksamkeit. Oakes wurde aufgerufen, und er und der Leichenbeschauer ergingen sich in lateinischen Fachsimpeleien; nach wenigen Minuten kamen sie zu dem feierlichen Schluß, daß Joseph Clutt alias Professor Ricardi amtlich tot und in einer unamtlichen Feuersbrunst ums Leben gekommen war.

Dann steuerte die Aufwartefrau ihren Teil bei. Sie hatte schon drei Tage vor dem Feuer das Haus nicht mehr betreten. Man fragte sie, wo sich das Bettzeug und ähnliches befunden hätte. Es kam kaum etwas dabei heraus.

Ehe ich aufgerufen wurde, hatten mehrere Anhänger des Goldenen Atoms bezeugt, daß Ricardi am Abend nach der Versammlung die Kirche verlassen hatte und allein in seinem Wagen weggefahren war. Er hatte dabei die Absicht geäußert, daß er sich unverzüglich nach Hause begeben und sich zu Bett legen wollte, da er das Gefühl gehabt hatte, er bekäme eine Erkältung. Offenbar enthielten die ATOMENERGIEKAPSELN keine Antihistamine. Aber keiner von ihnen hatte etwas Verdächtiges gesehen oder gehört. Ricardi hatte keine Anrufe bekommen; er war weder erregt noch unruhig gewesen.

Allmählich nahm die Geschichte also Gestalt an; es ließ sich alles rekonstruieren, bloß einen logischen Zusammenhang gab es nicht. Ricardi fuhr heim, ich entdeckte seine Leiche, und sein Tod wurde amtlich festgestellt.

Jetzt folgten die restlichen Zeugen. Als erster trat Weatherbee vor. Er hatte eine tiefe, tragende Stimme, die auf lange Gerichtssaalpraxis schließen ließ; er arbeitete hervorragend mit seiner sonoren Stimme; aber er sagte kaum etwas.

Ja, zwischen ihm und Professor Ricardi hatte früher eine berufliche Verbindung bestanden. Dieses Abkommen war jedoch vor mehreren Monaten gelöst worden. Er nannte auch das Datum. Keine Meinungsverschiedenheit; er war nur durch seine juristische Tätigkeit derart überbelastet gewesen, daß er seinen Verpflichtungen gegenüber der Kirche nicht mehr nachkommen konnte. Er bestritt mit größtem Nachdruck, Professor Ricardi am Abend seines Todes oder irgendwann seit der Lösung ihrer Geschäftsverbindung gesehen zu haben.

In der Brandnacht hatte er im Hause eines Freundes gepokert. Captain Dalton würde das bestätigen.

Der Leichenbeschauer unterbrach die Vernehmung; er bat Dalton um Bestätigung dieser Aussage. Er bekam sie.

Dann kam Mrs. Loodens an die Reihe. Sie zog eine erstklassige Schau ab. Heute war sie völlig in Schwarz und tränenumflort. Es war alles so entsetzlich, so unsagbar entsetzlich. Sie wußte überhaupt nichts von dem Unglück. Und daß sie ausgerechnet an jenem letzten Abend nicht der Versammlung beigewohnt hatte! Sie war mit schrecklichen Kopfschmerzen zu Hause geblieben. Und natürlich hatte sie Zeugen dafür. Das Hausmädchen und verschiedene Bekannte, die mit ihr um die Zeit des Brandes telefoniert hatten. Captain Dalton wußte das auch. Als der Leichenbeschauer sich wieder an Captain Dalton wandte, bestätigte er auch diese Aussage.

Damit ging Mrs. Loodens ab. Ich ertappte Weatherbee dabei, daß er sie anstarrte, als sie sich wieder setzte, und er bemerkte mich. Vielleicht hatte mich die Beleuchtung getäuscht, aber für den Bruchteil einer Sekunde hatte ich das Gefühl, er blinzelte mir zu.

Jetzt stand Kleber im Zeugenstand. Seinen Worten merkte man sofort den Fachmann an. Das Feuer war absolut nicht zufällig entstanden. Der Täter, der Ricardi überfallen und gefesselt hatte, mußte auch den Brand gelegt haben. Es war dieselbe Person gewesen, die ihn bewußtlos geschlagen hatte.

Ich riß die Augen auf. Wieso war mir das entgangen? Aber bei einiger Überlegung war das die einzige Erklärung dafür, daß Ricardi gefesselt gewesen war. Zuerst hatte ihn jemand bewußtlos geschlagen.

Jetzt hörte ich Klebers Ausführungen aufmerksam zu; ich kämpfte mich durch die technischen Einzelheiten und folgte einigen der von ihm gestellten Fragen.

Erstens einmal: Wie war der Mörder ins Haus gekommen? Sämtliche Türen und Fenster waren verriegelt gewesen, als Feuerwehr und Polizei eintrafen. Das heißt, alle mit Ausnahme des französischen Fensters, das ich bei meinem Eindringen eingeschlagen hatte. Die Geschworenen hatten einen Rundgang durch das Haus gemacht.

Falls meine Aussage stimmte – und die Art, wie er dieses *falls* aussprach, gefiel mir gar nicht –, gab es nur eine einzige Antwort. Ricardi mußte seinen Mörder selbst, und das auch noch freiwillig, eingelassen haben. Was dann geschehen war, ließ sich nur vermuten. Wurde Ricardi im Erdgeschoß überfallen, und hat der Mörder den Toten dann erst ins Schlafzimmer getragen? Oder kam es dort zu dem Überfall? Weder für die eine noch die andere Annahme gab es irgendwelche Beweise. Trotzdem konnte die Aufklärung dieser Frage entscheidend sein.

Wesentlicher für die Jury war jedoch die nicht zu übersehende Tatsache höchster Eile. Das Verbrechen war sichtlich in größter Hast verübt worden. Nach Klebers Ansicht war der Überfall nicht mit Mordabsicht erfolgt. Der Schädelhieb hatte Ricardi nicht getötet. Wenn es dem Täter vor allem am Tod Ricardis gelegen wäre, dann hätte er bloß weiter auf ihn eindreschen müssen.

Nein, das Kernmotiv war die Brandstiftung. Das Feuer war schnell und zweifellos absichtlich improvisiert worden. Das Haus war gegen Brandschaden versichert gewesen; Nutznießer der Versicherungssumme war die Gesellschaft. Kleber überließ die Frage des Mordes und den Rückschluß auf mögliche Verdächtige den Geschworenen. Er wollte nur mit Nachdruck festhalten, daß hier ein eindeutiger Fall von Brandstiftung vorlag. Jetzt begriff ich, worauf er hinauswollte. Brandstiftung bedeutete Betrugsabsicht. Und damit war die Versicherung jeder Zahlungsverpflichtung enthoben. Ein hübscher Schachzug. Und ich war nicht der einzige, der begriff, was das bedeutete. Agatha Loodens riß die Augen weit auf, denn sie verkörperte ja die Gesellschaft. Und das wußte jeder.

Dann trat Schwarm in den Zeugenstand. Es folgten weitere Sachverständigengutachten. Ich hörte ihm zu und fragte mich, ob er etwas sagen würde, mit dem er Mrs. Loodens belastete. Oder mich.

Er lieferte ein prächtiges Gutachten. Zuerst kam die medizinische Definition der Pyromanie. Dann folgte ein Bericht über seine Untersuchungen, die er mit Mrs. Loodens, Weatherbee und mir angestellt hatte. Und ebenso – und das war für mich eine Überraschung – mit der Aufwartefrau.

Er als erfahrener Psychiater war der Meinung, daß keiner von uns ein Pyromane sei.

Kleber grinste. Für ihn lag ein klarer Fall von Brandlegung vor. Zumindest nahm er das an.

Seine Zuversicht löste sich jedoch in Luft auf, als Schwarm fortfuhr. Überlegen und gelassen nahm er sich jeden einzelnen Beweis vor, von dem Kleber gesprochen hatte; er zerpflückte ihn, bis nichts mehr davon übrigblieb.

Zuerst zählte er die allgemeinen Gründe einer Brandstiftung auf. Dann entkräftete er sie. Falls Weatherbee Ricardi getötet hatte, dann hätte er das Feuer bestimmt nicht so ungeschickt gelegt. Um sein Verbrechen wirksam zu tarnen, hätte er nur zu dem vorhandenen Material greifen müssen. So war zum Beispiel im Keller Heizöl eingelagert. Das hätte ein Feuer gegeben, das schnell und vernichtend um sich gegriffen hätte. Außerdem hatte er ein Alibi.

Was Mrs. Loodens anbelangte, so hätte es ihr um den Versicherungsbetrug gehen können. Aber sie war selbst eine wohlhabende Frau, und die zwanzigtausend Dollar, die der Gesellschaft seitens der Versicherung zugegangen wären, hätten im Verhältnis zu ihrem Vermögen eine verschwindend kleine Rolle gespielt. Und selbst wenn ihr Beweggrund Eifersucht oder Haß gewesen wäre, hätte sie bestimmt dafür gesorgt, daß das Feuer das Haus bis auf die Grundmauern niederbrennen würde. Außerdem hatte auch sie ein Alibi.

Was den Zeugen Philip Dempster anging, so lag kein triftiges Verdachtsmoment gegen ihn vor. Ich kannte Ricardi nicht. Ich hatte nichts durch seinen Tod zu gewinnen. Und die beste Untermauerung meiner Aussage war der Umstand, daß jemand die Feuermeldung erstattet hatte. Nachdem niemand erschienen war, der behauptet hatte, selbst den Alarm ausgelöst zu haben, hieß die logische Schlußfolgerung, daß ich die Wahrheit gesagt hatte. Der geheimnisvolle Sektierer hatte die Feuerwache verständigt und war geflüchtet. Bestimmt würde ich nicht Ricardi überfallen, dilettantisch einen Brand legen, dann weglaufen und die Feuerwache rufen, wieder zurück ins Haus stürmen und Ricardi aus den Flammen holen. Und Schwarm war zu Beginn des Abends mit mir zusammengewesen, er wußte, daß ich für ein solches Vorgehen nicht einmal die nötige Zeit gehabt hätte. Damit hatte also auch ich ein Alibi.

Nein, seiner Meinung nach lag hier kein vorsätzlicher Versicherungsschwindel vor, sondern die Tat eines Pyromanen.

Jedes von Klebers Worten wies darauf hin. Das Element der *Eile* bewies, daß der Verbrecher die Tat nicht geplant hatte. Das Feuer selbst war *improvisiert*, also offenbar einer augenblicklichen Regung folgend gelegt worden. Nichts wies auf einen Vorsatz hin. Aller Wahrscheinlichkeit nach hatte der Täter rein impulsiv gehandelt. Nach

Dr. Schwarms Meinung war der Mörder ganz eindeutig ein Pyromane; und er war noch auf freiem Fuß.

Das gab den Ausschlag. Natürlich schlossen sich noch weitere Einvernahmen und Erörterungen an, und der Leichenbeschauer Finch mußte sich auch noch über das Thema auslassen. Aber das Urteil erfolgte so schnell, als hätte es schon festgestanden.

Professor Ricardi war von einem oder mehreren Unbekannten ermordet worden.

Lächelnder Abgang. Zwar klatschte keiner Beifall, aber manchem von uns war danach zumute. Captain Dalton natürlich nicht; und Mr. Kleber auch nicht.

Ich nickte den »Globus«-Reportern zu, die Cronin herbeordert hatte, und bat einen von ihnen, Cronin zu sagen, daß ich ihm im Laufe des Nachmittags seinen Artikel bringen würde.

Dann zwängte ich mich auf der Suche nach Schwarm durch das Gedränge. Er unterhielt sich mit Mrs. Loodens. Als ich mich ihm näherte, griff eine Hand nach mir; sie ließ sich nicht mehr abschütteln.

»Mr. Dempster.«

Ich drehte mich um. Neben mir stand Weatherbee. »Könnte ich wohl ein Wörtchen mit Ihnen reden?«

»Ja, aber natürlich.«

»Nicht hier, bitte. Mein Wagen steht direkt vor dem Haus.«

Er schubste mich zur Tür. Wir verließen gemeinsam die Versammlung und stiegen in seinen blitzenden neuen Lincoln.

»Wo fahren wir hin?« fragte ich.

»Ich dachte, wir könnten vielleicht zusammen Mittag essen.«

»Bedaure, aber ich muß meinen Artikel schreiben. Wenn Sie mich nach Hause fahren, könnten wir uns unterwegs unterhalten.«

»Wie Sie wollen«, er schwenkte in die Straße ein. »Sie sind also der Berichterstatter des ›Globus‹ für diesen Fall? Was halten Sie davon?«

»Ich glaube, daß Schwarm recht hat. Dahinter steckt ein Feuerteufel.«

»Nimmt Mrs. Loodens das auch an?«

»Woher soll ich das wissen?«

»Hat sie es Ihnen nicht gesagt? Sie hat Sie doch gestern abend in Ihrer Wohnung aufgesucht.«

Ich erwiderte nichts. Er grinste vor sich hin. »Darf ich mich erkundigen, was sie von Ihnen wollte?«

»Erkundigen Sie sich ruhig. Genau das gleiche wie Sie – Auskunft.«

»Was hat sie Ihnen über mich erzählt?«

»Bloß, daß Sie Ihre Partnerschaft aufgegeben haben.«

Wieder lachte er glucksend in sich hinein. »Das kann ich mir denken.« Der Wagen beschleunigte sein Tempo, und mein Pulsschlag auch. Zu spät dachte ich daran, daß Weatherbee genauso tatverdächtig war wie jeder andere.

»Glaubt sie, daß ich Ricardi ermordet habe?«

Ich gab keine Antwort.

»Das genügt. Aber ich habe es nicht getan, mein Junge. Zwar hat er es natürlich verdient – aber ich gebe mich nicht mit Mord ab.«

»Womit geben Sie sich denn ab, Mr. Weatherbee?« fragte ich. »Damit, Mrs. Loodens und mich zu bespitzeln?«

Jetzt blieb das belustigte Glucksen aus. »Das ist eine ziemlich scharfe Bemerkung, Mr. Dempster. Daran könnte sich so manch einer stoßen.«

»Ich stoße mich zum Beispiel daran, ins Kreuzverhör genommen zu werden.«

Er seufzte. »Sie haben mich eben spaßeshalber gefragt, worin meine Tätigkeit eigentlich besteht. Ich will es Ihnen sagen; dann liegt es bei Ihnen, ob Sie meine Mitteilung vertraulich behandeln wollen oder nicht. Ich bin im Sektengeschäft, Mr. Dempster.«

»Aber ich habe gedacht, Sie hätten sich von Ricardi getrennt?«

»Das stimmt.«

»Aber –«

»Ricardi war nicht der einzige, der in dieser Stadt eine Sekte betrieb. Da ist noch die Weisheitsgesellschaft, dann die Gruppe des Neuen Königreichs, das Haus der Wahrheit, die Weiße Bruderschaft. Das weiß zwar niemand, aber zufällig bin ich Dykes Rechtsberater, der das Haus der Wahrheit leitet. Und vorigen Monat, nachdem ich mich von Ricardi getrennt hatte, machte ich Amos Peabody einen kleinen Besuch. Das war ein sehr gerissener Bursche. Ich hatte ihm erzählt, wie ich Ricardi am Kragen aus der Gosse gezogen und wie ich das Goldene Atom aufgebaut habe. Ich habe ihm auch gesagt, daß ich mir die gleiche Entwicklung für die Weiße Bruderschaft vorstellen, sie aus dem Groschengeschäft einer Evangelistenklasse holen und das Unternehmen auf eine Grundlage stellen könnte, bei der sich wirklich etwas verdienen läßt. Was soll ich lange reden; ich habe mich bei ihm eingekauft. Ich war mit fünfzig Prozent an der Weißen Bruderschaft beteiligt. Und jemand hat Peabody ermordet und das Versammlungshaus niedergebrannt. Verstehen Sie jetzt mein Interesse?«

Ich nickte. »Allmählich.«

»Vielleicht fällt Ihnen dann noch etwas auf, Dempster.

Zwei Brände sind gelegt worden. Zwei Sektenführer sind dabei ums Leben gekommen. Was läßt sich daraus schließen?«

»Jemand will Sektenführer aus der Welt schaffen.«

»Glänzend beobachtet. Vielleicht können Sie sich auch den Grund vorstellen?«

»Konkurrenzkampf?«

Er hielt vor meinem Wohnhaus an. »Sehen Sie sich die mächtigste Sekte einmal an.« Seine Augen wurden schmal. »Oder noch besser: Besuchen Sie heute abend die Versammlung; reden Sie mit Ogundu.«

»Wer ist Ogundu?«

»Sie kennen ihn nicht? Auch ein Sektenführer. Tempel der Lodernden Flamme. Im Süden der Stadt. Na, woran denken Sie, wenn Sie das hören?«

»Ein Brandstifter?«

»Sagen wir lieber, viele Brandstifter. Jeder einzelne Feuernarr dieser Stadt muß seinem Verein angehören und dort seinen angenehmen Nervenkitzel beziehen.«

»Warum haben Sie das Captain Dalton nicht gesagt?«

»Na hören Sie mal! Wenn ich es Dalton sage, fragt er mich nach dem Grund meines Interesses. Verrate ich ihm den Zusammenhang, steht mein Name morgen in sämtlichen Zeitungen.«

»Aber ich arbeite doch selbst für die Presse.«

»Das weiß ich. Sie sind ein erfahrener Reporter. Sie können sich dort Eintritt verschaffen, wo es den Polizisten nicht gelingt.«

»Der Tip ist nicht schlecht«, gab ich zu. »Ich werde mir den Verein ansehen. Aber falls ich dabei Material für einen Artikel bekomme, weiß ich nicht, wie ich Ihren Namen heraushalten soll.«

»Ach, das zu überlegen haben Sie ja reichlich Zeit«, versicherte Weatherbee mir. »Ich möchte nicht mit irgendeiner Sekte in Verbindung gebracht werden. Ich will nur etwas über diesen Ogundu und seinen Tempel erfahren.«

»Dann lesen Sie mal die Zeitungen. Wenn ich heute abend bei der Versammlung bin, werde ich schon irgendeine Story zusammenbrauen. Sie wird dann vermutlich am Montag erscheinen.«

»Möglich. Wenn ich Ihnen mein Okay dafür gebe.«

»Was soll das heißen?«

»Mit diesem Verein befassen Sie sich nicht im Auftrag der Presse, Dempster, sondern in meinem Auftrag. Ich wünsche, daß Sie mir morgen persönlich Bericht erstatten. Erhebe ich keinen Einwand, dann veröffentlichen Sie Ihren Bericht. Andernfalls werden Sie die Klappe halten.«

»Und wenn ich es nicht tue? Sie wollen mir doch nicht etwa drohen, oder? Sie haben selbst behauptet, daß Mord nicht Ihr Fach ist.«

Don Weatherbee lächelte. »Wer droht denn? Sie können natürlich tun, was Sie wollen. Sie können sich sogar gleich jetzt an Dalton wenden und ihm erzählen, was ich Ihnen gesagt habe. Nur würde ich Ihnen das nicht empfehlen.«

Ich kletterte aus dem Wagen. »Und darf ich auch fragen, warum nicht?«

»Ich begrüße Ihre Frage.« Er startete den Motor wieder und schloß den Wagenschlag. »Ich habe Ihnen doch gesagt, daß ich Mitbesitzer der Weißen Bruderschaft bin, nicht wahr? Nun, und so wie Sie Ihren kleinen Unbekannten beschreiben, dürfte er einer unserer Anhänger sein. Ich kenne ihn zwar nicht, was ich bedaure, denn vielleicht wüßte er so manche Antworten, aber dafür kenne ich einige andere, die ihm gleichen. Anständige, ehrliche, gottesfürchtige Bürger; allerdings mit einem leichten Hang zum Fanatismus. Sind auch leicht zu beeinflussen, falls Sie wissen, was ich meine. Ich glaube, manche von ihnen tragen Messer bei sich, genau wie der Komiker, der Ihnen über den Weg gelaufen ist. Und wenn ich ihnen im Vertrauen verrate, daß Sie ein Feind der Bruderschaft sind, daß Sie vielleicht etwas mit dem Brand und der Ermordung Amos Peabodys zu tun haben könnten –«

Er lachte glucksend vor sich hin. »Wohlgemerkt, das ist keine Drohung. Bloß die Anregung, ein bißchen zu überlegen. Also dann, Dempster. Und schreiben Sie einen guten Artikel. Wegen des anderen Artikels erwarte ich Sie morgen.«

Ich ging ins Haus und öffnete die Tür zu meiner Wohnung. Das dauerte ein Weilchen, weil meine Hand so zitterte.

12

Es ist gar nicht so leicht, einfach zu erzählen, wie meine Hand zitterte, und wie ich mich fürchtete. Schließlich wird die Menschheit heute tagtäglich in Zeitschriften, im Kino und im Fernsehen mit Krimis gefüttert, bei denen jeder Mann ein Privatdetektiv ist, der lachend allen Gefahren trotzt.

Ich saß in meiner Wohnung und bemühte mich, für Cronin einen Artikel über die gerichtliche Untersuchung zu schreiben. Dabei mußte ich ständig über meine Lage nachdenken. Ein Privatdetektiv hätte die Situation niemals derart versaut. Wenn ein Privatdetektiv meinem harlekingesichtigen Freund das Messer abgenommen hätte, dann hätte er ihm als Gegengabe sicher eins über den Schädel gegeben.

Und wenn Agatha Loodens einen Privatdetektiv in derart aufgeschlossener Stimmung besucht hätte, wie gestern mich, dann hätte er sich alles von ihr geholt, was sie zu geben hat, und das hätten ja nicht unbedingt Auskünfte sein müssen.

Und wenn ein Privatdetektiv jetzt von Weatherbee bedroht worden wäre, dann wüßte er, was er zu tun hätte. Privatdetektive wissen das immer. Man kann sie verprügeln, anschießen und foltern, alles prallt spurlos an ihnen ab. Sie verfolgen ihre Fährte bei Tag und bei Nacht; sie brauchen keinen Schlaf und nähren sich ausschließlich von Branntwein. Und offensichtlich zapfen sie irgendeine Quelle kosmischer Energie an. Vielleicht verwenden sie die VITALCREME. Jedenfalls sind sie ständig für eine Schlägerei oder eine schwache Stunde mit einer Blondine zu haben. Und nebenher lösen sie jedes Rätsel. Leider heiße ich aber zufällig Philip Dempster, und ich bin kein Privatdetektiv, sondern nur ein biederer Staatsbürger. Ich weiß nicht, wer diese Brände gelegt und Peabody und Ricardi ermordet hat. Und ich habe Angst.

Ich rang mir ein paar Zeilen meines Artikels ab; dann rief ich Schwarm an. Im Augenblick war ich reif für ein ausgiebiges, rückhaltloses Gespräch. »Sie haben mich gefragt, ob ich irgendwelche persönlichen Probleme habe, Doc«, wollte ich ihm sagen. »Na, diese Frage könnte ich Ihnen vielleicht beantworten, wenn Sie auf einen Sprung zu mir kommen.«

Das wollte ich ihm sagen. Aber am Apparat meldete sich niemand.

Ich kramte die Telefonnummer seiner Wohnung hervor

und rief dort an. Das Ergebnis war ein endloses Schrillen des Telefonsignals. Aber selbst das war immer noch besser als gar nichts; besser als die drückende Stille. Ich hielt den Hörer lange in der Hand.

Die Stille ging mir auf die Nerven. Vielleicht sollte ich in eine geräuschvollere Umgebung übersiedeln. In eine Wohnung mit vielen Nachbarn. Wo Mrs. Loodens und der harlekingesichtige Sektierer und Don Weatherbee mich nicht aufstöbern konnten. Eine Wohnung, die dem Killer nicht bekannt war.

Kurz erwog ich diese Möglichkeit. Dann dachte ich daran, Captain Dalton anzurufen. Das war vernünftig. Ich konnte ihm sagen, daß Weatherbee mich bedroht hatte. Er würde mich unter Polizeischutz stellen. Dann konnte mir keiner ein Haar krümmen.

Aber wie lange würde dieser Schutz schon anhalten? Wie lange werden mir die Bullen gratis einen Leibwächter zur Verfügung stellen – eine Woche, zehn Tage? Angenommen, sie fanden den Brandstifter schon früher? Dann ade, schöne Leibwache. Und Weatherbee würde warten. Er war ein einflußreicher Mann in unserer Stadt; er genoß Ansehen und einen guten Ruf. Er würde glatt abstreiten, daß er mir gedroht hatte. Vielleicht würde er mich sogar dafür verklagen. Und wer sollte ihm etwas nachweisen, wenn mir irgendwann etwas passierte?

Früher oder später mußte es mir an den Kragen gehen. Davon war ich ziemlich überzeugt. Weatherbee hat es mir für den Fall, daß ich mich an die Polizei wende, vorhergesagt.

Und das hatte überzeugend geklungen.

Es blieb mir also gar nichts anderes übrig, als mich wieder an meine Schreibmaschine zu setzen und meine tausend Wörter über die gerichtliche Untersuchung runterzutippen. Ich mußte viermal ansetzen, ehe mir der Artikel von der Hand ging; es war schon drei vorbei, als ich ihn beendete.

Aber niemand unterbrach mich in meiner Arbeit. Niemand kam, um mir ein Messer durch die Rippen zu stoßen.

Ich steckte den Artikel in die Tasche, schloß die Wohnung ab und fuhr ins Zentrum. Unterwegs hielt ich schnell an, um einen Happen zu essen; dann ging ich in Cronins Büro.

»Da ist das Zeug über die Untersuchung«, sagte ich.

»Gut.« Er las es. Ich griff nach der Zeitung und überflog den Bericht des »Globus«. Lauter nüchterne Tatsachen. Aber mir fiel auf, daß Dalton und der Bezirksstaatsanwalt nach der Untersuchung eine Erklärung abgegeben hatten. Der Fall war also noch nicht abgeschlossen. Die Untersuchung war eine reine Formsache gewesen, um die bisherigen Verdächtigen freizusprechen. Die für die Verbrechen verantwortliche Person oder Personen wurden weiterhin verfolgt. Und so weiter.

»In Ordnung«, sagte Cronin und winkte mit meinem Artikel. »Schade, daß Sie nicht etwas früher gekommen sind. Ihr Freund Schwarm sitzt unten im Polizeipräsidium und begutachtet die heutige Ausbeute. Die Jungs sind mit ihren Schmetterlingsnetzen unterwegs gewesen. Jetzt nehmen die Kreuzverhöre kein Ende.«

»Vielleicht komme ich am Abend noch auf einen Sprung vorbei«, sagte ich.

»Das würde ich Ihnen auch sehr raten; wir brauchen nämlich für Montag eine Fortsetzung des Artikels. Es sei denn, die Polizei hat bis dahin den Täter gefunden.«

»Glauben Sie das etwa?«

Cronin zog die Augenbrauen hoch. »Wer kann das wissen? Neunzig Prozent dieser Fälle werden nur gelöst, weil jemand der Polizei einen Tip zuspielt. Das ist immer so. Der Durchschnittsbürger würde staunen, wenn er wüßte, wie viele Tausende ungelöste Mordfälle begangen wurden, wie viele Mörder frei herumlaufen. Und eine Gänsehaut hätte er außerdem.«

»Darunter leide ich selbst ein bißchen«, sagte ich.

Seine Augen wurden schmal. »Hat Sie jemand bedroht?« fragte er.

»Nein«, antwortete ich langsam. Aber ich konnte die Bemerkung nicht unterdrücken. »Es ist mir nur verschiedenes unverständlich geblieben. Mrs. Loodens hat sich mit mir unterhalten; Don Weatherbee ebenfalls.«

»Haben sie Ihnen etwas Neues mitgeteilt?«

Ich schüttelte den Kopf. »Im Gegenteil. Sie wollten etwas von mir erfahren.«

»Das ist begreiflich. Jeder ist neugierig.« Er stand auf. »Ich kann nur hoffen, Phil, daß diese Verbrechen schnell aufgeklärt werden. Sonst gehen wir bösen Zeiten entgegen.«

»Was meinen Sie damit?«

»Wissen Sie noch, wie im vorigen Jahr dieser junge Bursche seine Freundin zerstückelt hat?«

»Miller, nicht wahr?«

»Ja, so hat er geheißen. In den anschließenden beiden Wochen wurden sechs ähnliche Verbrechen verübt. Die Leute haben Lustmörder gespielt. Jedes aufsehenerregende Verbrechen löst eine kriminelle Welle aus. Sämtliche Sadisten und Halbidioten lesen die Berichte über die Greuel und fühlen sich zur Nachahmung animiert.«

»Glauben Sie, daß es noch mehr Brände geben wird, Ed?«

Er nickte. »Ich weiß es. Sie haben sogar schon angefangen.«

»Im Ernst?«

»Die Geschichte erscheint in der morgigen Ausgabe. Seit Ricardis Tod ist die Feuerwehr in zwei Tagen sechsundzwanzigmal ausgerückt. Der Durchschnitt liegt bei acht Feuermeldungen.«

»Irgendein Großfeuer?«

»Nein. Bisher haben wir noch Glück gehabt. Aber wir stoßen überall auf die gleiche Schablone. Immer Irre. Laienhafte Zündeleien. Da steckt jemand Kinderwagen in Brand; leere, Gott sei Dank. Andere legen Feuer in Remisen, in Haustoren; an Orten, wo es von Rechts wegen niemals brennen dürfte. Die meisten Delikte wurden von Jugendlichen begangen.«

»Genau das hat Schwarm gesagt«, erklärte ich ihm. »Die meisten Pyromanen stecken noch in der Pubertät.«

»Die Psychologie kann mir gestohlen bleiben«, murmelte Cronin. »Heben Sie sich die für Ihre Artikel auf. Aber ich mache mir Sorgen. Ein ernst zu nehmender Brandstifter läuft noch frei herum. Und Ihr kleiner Kumpel mit dem großen Messer auch.«

Gegen meinen Willen mußte ich grinsen.

»Was ist daran so komisch?« fragte er.

»Gar nichts. Mich freut nur, daß ich nicht der einzige bin, dem die Sache einen Schreck einjagt. Aber ich hätte mir nie träumen lassen, daß sie Ihnen derart unter die Haut geht.«

Cronin musterte mich nachdenklich. »Ich bin kein heuriger Hase«, sagte er. »Jeder, der bei der Presse arbeitet, hat seine Erfahrungen. Wir kriegen einen Berg von Meldungen herein, von denen wir längst nicht alle veröffentlichen. Und wenn wir es tun, dann schwächen wir sie ab. Bloß beziehen wir unseren Mitmenschen gegenüber nach und nach eine andere Einstellung. Ich habe vorhin schon von ungeklärten Morden gesprochen. Aber die machen nur einen Bruchteil aus. Diese Stadt – jede Stadt, jede Gemeinde – steckt voller Geheimnisse. Jährlich werden zwei Millionen Abtreibungen angezeigt; wer weiß, wie viele nicht angezeigt werden? Dreißigtausend Menschen verschwinden. Das sind hundert pro Tag; jahraus, jahrein. Sie sind einfach vermißt; man hört nie wieder etwas von ihnen. Das ist schon schlimm genug.

Ihr Freund mit dem Messer ist ja auch keine Neuigkeit für uns. Es gibt eine ganze Menge von der Sorte. Das sind keine Berufsverbrecher, sondern Spinner; Leute, die behandelt gehören, die man in eine geschlossene Anstalt sperren müßte.«

Er trat ans Fenster und lehnte sich an das schmutzige Glas; ein kräftiger Mann, der nachdenklich auf die Stadt hinabsah, die sich unter ihm ausbreitete. Wenn man so lange wie Cronin für eine Zeitung arbeitet, ist man mit der Stadt verheiratet. Man verzeichnet ihren Fortschritt, fühlt ihr hier und da den Puls, und wenn sie krank wird, sorgt man sich um sie. Jetzt wußte Cronin, daß sie eine bösartige Krankheit ausbrütete; das bedrückte ihn. Diese menschliche Seite hatte ich immer bei ihm vermutet, aber er zeigte sie nur sehr selten.

»Wenn Sie bloß wüßten, was sich dort draußen abspielt«, sagte er gedehnt. »Wenn Sie eine Ahnung hätten, wie viele Einwohner Psychopathen sind. Dr. Schwarm könnte die Zahl vermutlich schätzen. Ich habe gehört, daß jeder Dritte ein oder das andere Mal im Laufe seines Lebens eine Psychotherapie nötig hat. Und wie viele werden tatsächlich behandelt? Verdammt wenige. Daher wimmelt es in der Stadt von seelisch Angekränkelten. Die einen führen ständig Selbstgespräche. Andere schlafen mit der Pistole unter dem Kopfkissen, weil sie fürchten, daß ihnen jemand nachstellt. Andere basteln sich im Eigenbau Bomben, vergiften Hunde, ketten ihre Kinder oder Frauen in Dachkammern an. Da gibt es Vergewaltiger, Lustmörder; Leute, die sich mit Peitschen und Rasierklingen an fremde Frauen anschleichen. Was ich in den letzten zehn Jahren gehört und gesehen habe – keiner denkt gern an solche Geschichten, jeder weigert sich, sie zu glauben, aber sie stimmen alle. Der Mensch ist von Natur aus ein bösartiges Geschöpf.«

»Die Menschen haben Angst«, sagte ich. »Darin liegt die Antwort. Die Angst treibt sie zur Grausamkeit. Manchmal fürchten sie sich vor Hirngespinsten, oder sie klammern sich an irgendwelche Irrlehren. Deshalb treten sie den verschiedenen Sekten bei.«

»Sekten!« Cronin spuckte das Wort förmlich aus. »Am liebsten würde ich sie alle ausmerzen. Ich möchte jedes religiöse Schwindelunternehmen der ganzen Welt in den Boden treten; jeden gewinnbringenden Verein, der sich an den seelisch Gestörten mästet. Das einzige positive Ergebnis der letzten Tage besteht darin, daß die Weiße Bruderschaft und das Goldene Atom nicht mehr existieren. Vielleicht hat der Feuerteufel das erreichen wollen. Vielleicht hat er die Absicht, jede einzelne Sekte dieser Stadt auszuräuchern.«

Ich sah Cronin an. Er zitterte vor Wut.

»Sie reden ja selbst fast wie ein Fanatiker«, sagte ich leise. »Ist es Ihnen ernst damit?«

»Natürlich. Ich weiß ja, wovon ich spreche. Zwei Jahre lang hat meine Frau sich von einem dieser verdammten Gesundbetervereine ausnehmen lassen. Kein Mensch konnte ihr diese Idee ausreden. Bis sie schließlich einen Blinddarmdurchbruch hatte und beinahe gestorben wäre. Dabei hat sie unser Ungeborenes verloren. Und ich habe diesen Scharlatanen ein Vermögen in den Rachen geworfen. Ich hasse dieses Gesindel!«

»Na ja.« Ich stand auf. »Ich mach mich jetzt lieber auf die Socken.«

Cronin seufzte und fuhr sich müde über die Stirn. »Tut mir leid«, sagte er. »Hören Sie nicht auf mich. Ich habe eine harte Woche hinter mir.«

»Natürlich.«

»Werden Sie sich bei Schwarm erkundigen, was er von den Verdächtigen hält?«

»Montag haben Sie Ihren Artikel«, versprach ich ihm. »Schonen Sie sich ein bißchen.«

Ich ging essen und dachte über unser Gespräch nach. Cronin war der Ansicht, daß jeder abnormal war oder die Ansätze zum Irrsinn in sich trug. Und Cronin haßte Sekten; er hätte sie am liebsten alle niedergebrannt. Von ihm stammte mein Auftrag für die Artikelserie, mit der ich verschiedene Sekten entlarven sollte.

Wo war *er* eigentlich gewesen, als es gebrannt hatte?

Das war blanker Unsinn. Cronin war nie im Leben der Brandstifter. Er war ein völlig normaler Mensch. Aber jeder dritte hatte früher oder später einmal eine Psychotherapie nötig; wie viele werden wirklich behandelt?

Ich aß im »Dinner Gong«, und der Toast war angebrannt. *Angebrannt!* In einer Stunde sollte ich im Tempel der Lodernden Flamme sein. Ich hatte keine Lust dazu.

Ich hatte Cronin nicht gesagt, daß ich heute abend dort sein würde. Weatherbee hatte mir dringend nahegelegt, meine Exkursion für mich zu behalten.

Es war sieben Uhr. Damit blieb mir eben noch Zeit, schnell in meine Wohnung zu fahren, mein Notizbuch zu holen und mich auf den Weg zu machen. Ich hätte gern darauf verzichtet.

Ich fuhr schnell. Zwei Häuser vor meinem Wohnhaus parkte ich und ging auf meine Haustür zu. Jemand hupte.

»Mr. Dempster!«

Ich drehte mich um, denn ich hatte die Stimme erkannt. Den Wagen übrigens auch. Da war sie also glücklich wieder.

»Hallo«, sagte ich. »Immer noch böse?«

Sie schüttelte den Kopf. Heute trug sie das blonde Haar zu einem Schopf hochgekämmt, und von ihren Ohrläppchen baumelten Tropfenanhänger.

»Laden Sie mich nicht in Ihre Wohnung ein?« fragte sie.

»Bedaure, ich bin verabredet.«

»Ich wollte mit Ihnen reden.«

»Bleiben Sie hier«, sagte ich. »Ich muß mir nur etwas holen. Bin gleich wieder da.«

Es dauerte nur zwei Minuten. Ich lief hinauf, steckte das Notizbuch ein und kam wieder zu ihrem Wagen. Sie öffnete den Wagenschlag für mich. Ich kletterte hinein.

Agatha Loodens sah aus, als wollte sie ganz groß ausgehen. Ich mußte sie einfach näher betrachten. Nicht wegen des Schmucks oder der kunstvollen Frisur, sondern wegen ihrer eleganten anlehnungsbedürftigen Erscheinung und des appetitlichen Dekolletés. Ich saß jetzt neben ihr und konnte den Blick nicht von dem einladenden Einschnitt zwischen ihren Brüsten wenden.

»Ich hatte gehofft, nach der Einvernahme mit Ihnen sprechen zu können«, eröffnete sie mir. »Aber Sie waren so plötzlich verschwunden. Mit Mr. Weatherbee.«

»Richtig.«

»Was wollte er von Ihnen?«

»Nichts. Er plauderte nur ein wenig über den Fall.«

»Phil, ich habe meine Worte gestern abend ernst gemeint. Hüten Sie sich vor diesem Mann. Er ist gefährlich.« Nach einer kleinen Pause sagte sie: »Sehr gefährlich.«

»Ich bin in den letzten Tagen ungemein vorsichtig geworden.« Dann sah ich lange genug von ihrem Ausschnitt weg, um ihr in die Augen zu sehen. »Ist das der Grund Ihres Kommens?«

»Verstehen Sie doch. Ich bin nicht nur neugierig. Als ich Sie heute mittag mit Don weggehen sah, machte ich mir große Sorgen.«

»Warum? Hatten Sie Angst, er könnte mir etwas sagen, was ich besser nicht wissen sollte?«

Ihre Lippen wurden schmal. »Müssen Sie unbedingt so –«

»Sagen Sie's nicht«, grinste ich. »Tut mir leid, aber ich kann eben nicht aus meiner Haut heraus. Seit kurzem befassen sich zu viele Leute mit mir. Alle warnen sie mich, dabei bin ich ihnen im Grunde ganz Wurscht.«

»Wissen Sie das so genau?«

Sie saß dicht neben mir, und ihre Lippen waren gar nicht mehr schmal. Sie waren weich und üppig, und ich sah ihre Zungenspitze, die einer kleinen rosigen Türmatte mit der Aufschrift »Herzlich willkommen« glich.

»Ich weiß gar nichts genau«, sagte ich.

»Müssen Sie diese Verabredung unbedingt einhalten?« murmelte sie.

»Ja.«

»Sind Sie mit Weatherbee verabredet?«

»Nein.«

»Fein. Ich habe nämlich heute einiges über ihn erfahren. Dinge, die Sie sicher gerne wüßten.«

»Zum Beispiel?«

»Er ist jetzt Mitbesitzer einer anderen Sekte, Phil. Er ist mit der Gruppe der Weißen Bruderschaft im Bund.«

»Weiß ich schon.«

»Aber das ist noch nicht alles, Phil, bei weitem nicht alles. Es gibt Dinge, die er Ihnen niemals verraten würde. Davon bin ich überzeugt. Wenn Sie nur auf mich hören, wenn Sie sich von mir helfen lassen wollten –«

»Das können Sie immer noch tun.« Ich richtete mich auf und rückte von ihr ab. »Gegen elf Uhr bin ich mit meinem Auftrag fertig. Kommen Sie doch dann zu mir. Dann haben wir jede Menge Zeit.«

Agatha Loodens nickte. Dann beugte sie sich zu mir und küßte mich auf den Mund. Es war ein äußerst intensiver Kuß. »Also dann bis elf«, sagte ich.

»Ja – und gib gut auf dich acht.«

Ich winkte, und sie fuhr weg. Ich wartete, bis der Wagen um die Kurve gebogen und nicht mehr zu sehen war, dann ging ich zu meinem eigenen Karren. Ich stieg ein und schlug mein Notizbuch auf.

Da standen die Hinweise über die Bruderschaft, das Goldene Atom, das Zentrum der Weisheit, das Haus der Wahrheit, das Neue Königreich – und – sonst nichts.

Ich blätterte noch mal durch. Auf einer der ersten Seiten war der Tempel der Lodernden Flamme eingetragen. Auf dem gegenüberliegenden Blatt stand die Adresse; darunter der Name Ogundu. Sonst nichts. Cronins Leute hatten diese Sekte also offenbar noch nicht unter die Lupe genommen.

Oder doch?

Und hat jemand sie daran gehindert, irgendwelche Eintragungen zu machen?

Ich zuckte die Achseln. Die Sache wuchs mir langsam über den Kopf. Jetzt ging meine Phantasie wirklich mit mir durch. Zuerst vermutete ich in Cronin einen Pyromanen, und dann sah ich unter jedem Bett einen Mann lauern. Einen Mann mit einem Messer und einer Brandfackel.

Höchste Zeit, damit aufzuhören. Ich fuhr in die South Sherburne Street 101. Zum Tempel der Lodernden Flamme.

13

Der Abend hatte einige Überraschungen für mich auf Lager.

Die Umgebung überraschte mich nicht. Ich war im Negerviertel an der Südseite. Die Nacht war heiß und dumpf; und die Gerüche der billigen, schmutzigen Restaurants lasteten auf der Straße. Schmalzige Spiegeleier mit Schinken, gelbe Erbsen, gekochte Rüben – ein üppiger Geruchsteppich für eine empfindliche Nase. Da waren die Möbelgeschäfte, die ohne Anzahlung gegen lebenslängliche Raten grellen Ramsch lieferten; der unvermeidliche Autosalon, der lange, schwarze Lincolns anbot; ein Drugstore mit Diskontpreisen, die übliche Verbindung von Schnapsladen und Bar; ein ehemaliger Tanzsaal, der jetzt als Rollschuhbahn diente.

Vom See her blies eine kühle Brise; völlig grundlos

mußte ich denken, daß ich vermutlich an so einem Abend einmal sterben würde.

Ich parkte gegenüber dem kleinen, zweistöckigen Holzhaus. Dann blieb ich im Wagen sitzen und sah mir das Ding erst mal an. Das Haus sah aus wie jede andere der vielen religiösen Stätten in Negervierteln; ein ehemaliger Laden, der in eine Mission oder einen Tempel umgewandelt worden war. Die Fenster waren mit schweren Gardinen verhängt. Über dem Eingang war ein Schild, das von einer großen Glühbirne beleuchtet wurde. TEMPEL DER LODERNDEN FLAMME – JEDERMANN WILLKOMMEN. Die Tür selbst war es, die mir die Überraschung bescherte.

Während ich sie nämlich betrachtete, löste sich aus dieser Tür eine wohlbekannte Gestalt. Ich erkannte das pfeifenbewaffnete Profil von Captain Dalton. Hinter ihm kamen zwei Detektive in Zivil. Sie gingen längs des Häuserblocks bis zu einem wartenden Wagen, stiegen ein und schnurrten ab.

Dann war ihnen diese Sekte also doch nicht entgangen! Vielleicht erübrigte sich jetzt mein Besuch. Aber wenn auch – die Pflicht rief. Die Pflicht und Don Weatherbee.

Ich blieb noch eine Weile im Wagen sitzen. Es war noch nicht ganz acht Uhr.

Die Leute strömten jetzt zum Lokal; bisher hatte ich noch niemanden entdeckt, den ich kannte. Die meisten waren Schwarze. Auch das überraschte mich. Was war denn hier eigentlich los? Eine altmodische Erweckungsversammlung?

Ich stieg aus und überquerte die Straße. Immer noch kamen Leute, und ich sah jetzt, daß es nicht nur Schwarze waren. Ein kleiner Mann mit einem krummen Arm legte grüßend den Finger an seine Kappe, als er an mir vorbeiging. Es folgte ein unterernährtes, beinahe rachitisches Mädchen mit blaßblondem Haar; ein ältlicher Tagedieb, dessen linkes Auge blind und weiß war, mehrere Halbwüchsige in Lederwesten und Bluejeans; ein unrasierter Betrunkener; eine gutgekleidete, stark geschminkte junge Frau; drei Halbstarke, von denen zwei einen Bürstenhaarschnitt hatten und der dritte einen Wasserkopf, der auch ohne besondere Frisur auffiel.

Eine merkwürdige Mischung. Oder nicht? Hatte Schwarm mich nicht über Pyromanen aufgeklärt? Halbwüchsige, Krüppel, Schwachsinnige und Abnormale. *Wenn* diese Leute überhaupt Pyromanen waren. Jedenfalls hatte Weatherbee sie dafür gehalten.

Halb neun. Ich stieg die paar Stufen hinauf und öffnete die Tür.

Der Vorraum war klein. Nicht zu vergleichen mit dem Prunk der Kirche des Goldenen Atoms. Keine Tische, auf denen schriftliche oder in Flaschen abgefüllte Garantien auf ewige Jugend angeboten wurden. Nur ein kleiner Vorraum eben, der direkt ins Innere führte.

Im Tempel standen vor einem kleinen Podium Reihen mit Klappstühlen. Die Wände waren mit schwarzem Samt drapiert, aber trotzdem entstand der Eindruck eines billigen Versteigerungssaales.

Nur der Hintergrund der Bühne wies auf den Zweck und die Tätigkeit der Organisation hin. Die schwarzen schweren Drapierungen hingen von der Decke bis zum Boden; sie verdeckten die Wand, oder was sich sonst dahinter befand, vollständig. Und in die Mitte des Vorhangs war mit feuerrotem Faden der grelle Umriß eines brennenden Vogels gestickt. Es war ein einfaches, aber doch äußerst eindrucksstarkes Symbol; mir war sofort klar, was es darstellte. Den Phönix, den Vogel der Auferstehung, der sich geläutert aus der eigenen Asche aufschwingt.

Plötzlich erzitterte der Feuervogel und riß auseinander. Ein Mann hatte den Vorhang in der Mitte geteilt und trat nun aufs Podium. Ogundu. Und wieder war ich überrascht.

Im Grunde hätte ich darauf vorbereitet sein müssen. Wie hatte ich nur an einen Polen oder einen Russen denken können? Ein Schwarzer war er; schlank und prächtig und schwarz wie die Nacht. Er trug einen flammendroten Talar.

Die Hände dramatisch hochgereckt, stand er da; und die Anwesenden erhoben sich von ihren Sitzen. Ich bemerkte, daß jetzt auch Assistenten anwesend waren. Einer stand an der Wand am Ende des Saales; er wartete darauf, die Lichter auszumachen. Ich fragte mich, ob der Verein seine Versammlungen im verdunkelten Saal abhielt. Dann entdeckte ich zwei weitere, die links und rechts von der Kanzel auf dem Podium standen. Sie trugen Fackeln, die sie über große, kesselähnliche Gefäße hielten, die auf Dreifüßen ruhten. Jetzt wußte ich, wozu sie da waren. Die Kessel waren Kohlenbecken.

Ogundu senkte die Hände. »Entzündet die lodernde Flamme!«

Und rundum erscholl es wie ein Echo: »Entzündet die lodernde Flamme!« Es war ein richtig ritueller Chor.

Die Fackeln kippten. Die Lichter verloschen, und die Flammen züngelten hoch. Sie schlugen aus den Kohlenbecken empor und färbten Ogundus Gesicht blutrot; sie zeichneten zuckende Schatten auf die Gestalt des Phönix.

Ich saß da und starrte. Ich hatte Professor Ricardis Rattenfängertricks und seine gekonnte Schau bewundert, die er in dem imposanten Saal zu den Klängen der Orgel abgezogen hatte. Er hatte sich sämtlicher technischer Hilfsmittel bedient, um seine Zuhörer in Ekstase zu versetzen.

Aber mich hatten seine Scharlatanerien kaltgelassen. Selbst seinen sogenannten Wundern gegenüber war ich ein ungerührter, objektiver Betrachter geblieben.

Das hier aber war anders.

Ich fühlte, wie mir etwas im Halse hochkroch.

Oh, ich wußte wohl, was passierte. Ich wußte, daß ich in einem schäbigen Laden in einem verlotterten, armseligen Viertel saß und von einer Schar gutgläubiger Narren umgeben war. Ich wußte, daß Ogundu ebenso ein Betrüger war wie Ricardi. Seine Ebenholzfarbe war genauso unecht und auf Effekt bedacht wie Ricardis Goldton.

Gegen mein besseres Wissen jedoch konnte ich mich seiner Suggestivkraft nicht entziehen. Dieser Schwarze im geliehenen Theaterkostüm hatte ein paar Meter Samt, zwei Fackeln und alte Rußkessel verwendet, die Beleuchtung abgedreht und ein Mysterium bewirkt.

Was hatte Schwarm gesagt? Etwas, das mir bereits bekannt gewesen war, etwas, das jeder wußte. *Feuer ist Magie.* Ogundu brachte das Feuer; dadurch wurde er zu Prometheus und Pythagoras, zu Zoroaster, Mazda und Ahriman – zur Verkörperung sämtlicher Götter, Teufel und Wundertäter.

Die Menschen rückten unruhig hin und her; sie starrten in die Flammen. Nun wußte ich, was sie hierher zog. Das Lockmittel hieß Feuer. Feuer, das brennt; Feuer, das vernichtet; Feuer, das Leben schenkt; Feuer, das reinigt; Feuer: der lebendige, zuckende Tod.

Jetzt redete Ogundu. Er hatte einen tiefen Bariton; die Stimme des Predigers, die Stimme des Propheten, die

Stimme des Wahrheitsverkünders. Immer schon hat es solche Stimmen gegeben; Männer, die die Altarflamme vor ihren Mitmenschen entfachten, die sich eingefunden hatten, um zu sehen, zuzuhören und zu lernen.

Manche dieser Dinge dachte ich selbst; andere sprach Ogundu aus. Er predigte nicht im üblichen Sinne des Wortes. Er ermahnte und erläuterte nicht; er versprach weder Gnade noch Segen; er verkaufte keine Salben und bot keine Heilwässerchen an. Er verkündete den wahren Gott – die Lodernde Flamme. Jene Flamme, der die Menschen demütige Verehrung darbringen mußten, um der Vernichtung zu entgehen.

Feuer bedeutet Leben. Feuer bedeutet Tod. Und Feuer bedeutet auch Hölle. Das werden jene, die es nicht anbeten, noch erfahren. Wer sich der Flamme nicht hingibt, wird ihr im späteren Leben überantwortet werden. Denn die Welt und das Universum wurden aus dem Feuer geboren, und wir alle sind seine Kinder. Das ist das große Geheimnis; man darf die Wahrheit nicht leugnen.

Er deklamierte die uralten Zauberformeln. Nüchtern betrachtet lauter Unsinn. In der Erinnerung oder wenn man es niederschreibt, ist es immer bloß Unsinn. Aber wenn man diese Worte in der Dunkelheit hört, während die Flammen lodern – echte Flammen, die wirklich brennen –, dann vollzieht sich eine Wandlung.

Das wußte ich jetzt. Weatherbee hatte recht; Schwarm hatte recht; Cronin hatte auch recht. Die Welt quillt über von ihnen, von den verkümmerten Leibern und Seelen, die sich an der Flamme nähren. Ich fühlte sie neben mir in der Dunkelheit; ich sah, wie der Widerschein des Feuers über ihre Gesichter zuckte. So müssen die Gesichter aussehen, die in der Hölle schimmern. Rote Augen, rote Hände, wohin ich auch sah. Und dazu singende Stimmen, stoßweiser Atem und ein immer stärker werdendes Drängen, je höher die Flammen schlugen; ein quälendes Verlangen; die Lust nach dem Feuer; eine brennende Sehnsucht, die flackerte und glühte.

Aus dem Nichts schlich sich mir der Gedanke ins Gehirn, und er war wie eine Stimme, die schrie: *Hilf mir, hilf mir.* Ich erkannte die Stimme und stieß sie in den Traum zurück, in den sie gehörte.

Und noch einmal stoße ich danach; ich begrabe sie, und ich reiße mich von dem Feuertaumel los. Das war der gleiche billige Schwindelverein wie jeder andere. Im nächsten Augenblick werden sie das Licht anknipsen, und der Sammelteller wird die Runde machen. Man treibe mehrere Menschen zusammen, mache das Licht aus, entzünde ein Feuer, lasse jemanden mit tiefer Stimme Klimbim reden, und schon hat man die Leute fest in der Hand. Wie aufgeklärt sie auch sein mögen, das Rezept ist narrensicher.

Schön, aber *warum* ist das so? Weil Dunkelheit und Feuer am Ende *wirklich* Magie verbreiten? Ist der atavistische Zug in uns noch so stark? Wird wirklich in uns allen der ehemalige Höhlenbewohner angesprochen, der zum Feuer drängte, um dort Schutz vor der Finsternis und den Raubtieren zu suchen? Tragen wir alle aus jener Zeit noch ein heimliches Erbe in uns, da jeder Tempel eine Opferstelle für die Götter barg und die Feinde mit dem heiligen Brandopfer vernichtet wurden?

Was auch immer es sein mochte, es regte sich jetzt in mir. Ich wußte, weshalb die andern hierherkamen; ich begriff, warum das Feuer diese ungeheure Anziehungskraft besaß.

Meine Kehle war ausgetrocknet. Die Arme klebten mir

verkrampft am Körper; die Hände waren zu Fäusten geballt, und mein Herz begann im Rhythmus von Ogundus Singsang zu pochen; im Gleichklang mit dem Auf- und Niederzucken der Flammen. Ich war fasziniert.

War mir schon jemals so zumute gewesen? In der Vergangenheit, der unklaren Vergangenheit vor fünf Tagen, als das Vereinshaus der Weißen Bruderschaft niederbrannte? *Kannte* ich dieses Gefühl?

Ein verrückter Gedanke. Vielleicht war alles, was ich dachte, verrückt. Vielleicht empfand außer mir kein Mensch so. Oder war ich am Ende gar nicht verrückt, und die alle hier – aber das war ja noch verrückter.

Ich lenkte meine Aufmerksamkeit mit Gewalt wieder zur Bühne. Dort bereitete sich jetzt etwas vor. Die Hilfskräfte waren alle oben. Sie schleppten einen langen Kasten herbei; einen langen, seichten Trog. Er hatte hinter den Vorhängen gestanden, wie der eiserne Feuerkessel mit den langen Griffen. Zwei Männer waren nötig, um ihn hochzuheben; sie trugen den qualmenden, zischenden Kessel auf die Bühne.

Ogundu psalmierte jetzt etwas über den Glauben. Die Menge antwortete. Es war wie eine Hymne ohne Musik, aber mit einem Kontrapunkt. Und der kam von der prasselnden Kohle. Die Assistenten luden den Inhalt des Feuerkessels in den langen, seichten Trog. Er nahm die halbe Länge des Podiums ein, und ein Rauchschleier legte sich über Ogundus Gesicht.

Einen Augenblick lang sah es wieder so aus wie bei einer Erweckungszeremonie. Die schrillen Schreie der Negerinnen, das gutturale Ächzen der Männer wurden rund um mich laut. Solche Schreie hatte ich früher schon von Besessenen gehört.

Besessenheit. Vom Teufel besessen. Dämonen des Feuers.

Ich sagte mir vor, daß ich Phil Dempster hieß, in einem umgebauten Geschäftslokal saß und einem betrügerischen Sektierer zusah, der Theater machte. Aber irgendwie nahmen meine zugeschnürte Kehle, meine Hände, die Lungen und das Herz davon nicht Kenntnis. Mein Herz hämmerte wie verrückt, und mein Körper war wie erstarrt.

Und vor meinen Augen riß sich Ogundu die flammende Umhüllung vom Leib, ließ die scharlachrote Robe fallen und stand mit nacktem Oberkörper im Feuerschein vor uns. Er bückte sich und schleuderte seine Schuhe fort.

Dann schloß er die Augen. Zwischen seinen vier Assistenten und ihm entspann sich ein Wechselgesang. Jemand begann, mit beiden Füßen den Boden zu stampfen. Im nächsten Augenblick dröhnte das Gepolter von allen Seiten. Es war ein rhythmisches, gleichmäßiges Stampfen, es war so alt wie die Menschheit selbst. Der Fußboden bebte unter den vielen Fußsohlen, und die Flammen zuckten. Das Beben und Zucken griff auf mich über.

Barfuß trat Ogundu an ein Ende des Troges. Er bewegte sich schnell wie ein schwarzer Panther, mit katzenhafter Geschmeidigkeit. Seine Augen waren glühende Kohlen. Einer der Assistenten reichte ihm eine Schale, in die er die Finger tauchte; dann warf er etwas in den langen, seichten Trog, der vor ihm stand. Die Kohlen zischten und prasselten, knatterten und flammten auf; und wieder stieg dichter Rauch hoch.

Und dann horchte Ogundu auf das Trommeln der Füße, den auf- und abklingenden Rhythmus. Einen Augenblick stand er reglos da; dann tat er einen Schritt nach vorn.

Ganz langsam ging er mit nackten Füßen über die brennenden Kohlen.

Dann ging er wieder zurück.

Natürlich hatte ich schon von solchen Dingen gelesen. Angeblich ist das ein Trick, den die Medizinmänner in Afrika beherrschen.

Aber hier ging es nicht um etwas, das ich gelesen oder gehört hatte. Ich war nicht in Afrika, und Ogundu war kein Medizinmann. Ich war in der South Sherburne Street 101, und ich sah einen Mann barfuß über Feuer gehen.

Natürlich wurde die Beleuchtung wieder eingeschaltet, wie ich es vorausgesehen hatte, und die Hilfskräfte waren nichts weiter als gewöhnliche Neger in billigen Anzügen; und natürlich gingen sie jetzt mit den Sammeltellern zwischen den Sitzreihen durch. Jemand streute Asche auf die Glut und goß Wasser nach. Das Feuer in den Kohlenbecken wurde ausgelöscht, und die Menschen schoben die abgenutzten Klappstühle zurück. Das Schauspiel war aus.

Trotzdem hatte ich heute abend etwas zu sehen bekommen. Mir fiel Seabrooks altes Buch »Die Zauberinsel« und seine Schilderung Haitis ein. Er schrieb, wie die einfachen, freundlichen, ungebildeten schwarzen Farmer sich versammelten und vom ständigen Trommelwirbel und der Beschwörung der Schlange für Augenblicke in eine Menge mit geheimnisvollen Kräften, in Anhänger des Voodoozaubers verwandelt wurden. Seabrook hatte gefühlt, daß hier ein Mythos heraufbeschworen wurde.

Und ich?

Ich wußte es nicht genau. Eines aber war mir klar, diesmal würde ich keinen Fehler machen. Ich wollte Ogundu sprechen. Und zwar sofort.

Den Gang entlang und aufs Podium hinauf. Einer der Assistenten hielt mich auf.

»Wohin wollen Sie, Mister?«

»Zu Ogundu.«

»Der Vater hat sich zurückgezogen.«

»Ich komme vom ›Globus‹.« Jetzt war ich doch froh, daß Cronin mir einen Presseausweis gegeben hatte.

»Warten Sie. Ich sag's ihm. Wie heißen Sie, Mister?«

»Philip Dempster. Er wird schon wissen, wer ich bin.«

Der Assistent schob den Vorhang auseinander. Er blieb nicht lange weg. Als er zurückkehrte, lächelte er freundlich:

»Gehen Sie nur nach hinten«, sagte er mir. »Die erste Tür im Korridor.«

Hinter den Vorhängen lag eine Tür, die zum Korridor führte. Ich fand die erste Tür und öffnete sie.

Das also versteckte sich hinter den schwarzen Vorhängen der Rätselhaftigkeit; das verbarg sich hinter dem Zugang, der vom Phönix bewacht wurde. Ein ganz normales kleines Büro, das mit Möbeln vom Trödler vollgestopft war. Zuerst war ich enttäuscht; von dem Raum und vom Aussehen des mageren Negers mittleren Alters, der neben dem Schreibtisch saß und die nackten Füße in einem verbeulten Zinneimer badete.

»Ich muß das Zeug aufweichen lassen«, grinste er. »Das klebt nämlich.« Er griff nach einem Zigarrenstummel, der in einem Aschenbecher auf dem Schreibtisch lag. »Setzen Sie sich doch«, lud er mich ein. »Wie hat es Ihnen gefallen?«

Ich öffnete den Mund. Da steckte ein Mädchen den Kopf ins Zimmer; eine Weiße.

Ogundu drehte sich um; er winkte ab. »Schon recht«, sagte er. »Ich brauche Sie heute nicht mehr.«

Sie sah mich an, nickte und verschwand.

»Meine Sekretärin«, erklärte Ogundu. »Nettes Ding.«

»Ja«, nickte ich, »ein nettes Ding.« Ich starrte die Tür an und versuchte, auf den dahinterliegenden Korridor zu sehen.

Aber Diana Rideaux war schon verschwunden.

14

Ogundu trocknete sich die Füße ab. Ich sah mir die rosigen Fußsohlen neugierig an. Sie hatten nicht die leiseste Verbrennung. Ich sah auch keine Hornhaut.

»Wie machen Sie das?« fragte ich. »Schützt Sie das Zeug, das Sie sich auf die Fußsohlen geschmiert haben?«

Er grinste. »Zum Teil. Zum Teil hängt es auch davon ab, welche Kohlen man nimmt. Sie müssen sehr porös sein. Dadurch verströmen sie die Hitze genauso schnell, wie sie sie aufnehmen. Vor allem aber muß man die Schritte richtig setzen, und man darf keine Angst haben. Haben Sie schon mal was von den nigerischen Feuergehern gehört?«

»Sie sind doch nicht etwa aus Ghana?«

Er schüttelte den Kopf. »Nein, nein; ich bin hier geboren und aufgewachsen. Aber man muß nicht extra nach Afrika fahren, um sich ein paar Tricks anzueignen. Ich kenne noch mehr von der Sorte. Feuerschlucken und glühende Zangen anfassen. Die Leute hier fliegen auf solchen Schwindel.«

»Haben Sie keine Angst, daß ich Ihre Worte in meinem Artikel veröffentlichen werde?« fragte ich ihn.

Ogundu kaute an seinem Zigarrenstummel. »Nur immer zu. Das stört mich gar nicht. Sie haben eben meinen letzten Auftritt miterlebt.«

»Sie lösen die Sekte auf?«

»Richtig. Ab sofort.«

»Hat Dalton Ihnen Angst eingejagt?«

»Er hat mir geraten, es zu lassen, falls Sie das meinen. Sonst müßte er mir den Brandmeister wegen Übertretung der Vorschriften an den Hals hetzen. Er hat gesagt, ich dürfte nicht mit Fackeln und glühenden Kohlen hantieren. Hat mir ziemlich zugesetzt.«

»Was haben Sie jetzt vor?«

»Ich verschwinde. So schnell wie möglich. Werde das Lokal verkaufen, so gut ich kann.«

»Dann ist es Ihnen also egal, was ich schreibe?«

Ogundu zuckte die Achseln. »Tun Sie, was Sie wollen. Wenn Ihr Artikel erscheint, bin ich längst über alle Berge.« Er zog sich Socken und Schuhe an. »Wenn Sie etwas über meine Tricks wissen wollen, dann fragen Sie nur.«

»Sehr zuvorkommend von Ihnen«, sagte ich. »Das weiß ich zu schätzen.«

»Geheimniskrämerei ist sinnlos, finde ich.« Bedächtig schnürte er seine Schuhe zu. »Wenn man weg muß, muß man eben. Außerdem habe ich hier alles gehabt, was ich mir erhoffen konnte.« Er richtete sich lächelnd auf. »Also, Mr. Dempster, was möchten Sie wissen?«

Ich erwiderte sein Lächeln und holte tief Atem. »Mich interessiert, ob Sie hier irgendwelche Pyromanen haben.«

Sein Lächeln schmolz dahin wie Butter in der Sonne. »Was hat das denn mit Ihrer Zeitungsgeschichte zu tun?«

»Eine ganze Menge. Die Sekte selbst interessiert mich nicht mehr. Ich bin hinter dem Brandstifter her.«

»Sie arbeiten für die Polente?«

»Nein. Offiziell nicht. Ich arbeite für mich. Zweimal bin ich jetzt schon in Brandfälle verwickelt worden. Ich hab was gegen Feuersbrünste und gegen Mörder. Deshalb will ich gern erfahren, was dahintersteckt.«

»Ihr Freund, Captain Dalton, möchte das auch. Haben Sie ihn vielleicht zu mir geschickt?«

»Damit habe ich nichts zu tun. Aber es ist doch naheliegend, daß er zu Ihnen kommt. Schließlich weiß er, was Sie hier treiben und daß Sie einem Verein vorstehen, der zwangsläufig sämtliche ansässigen Brandstifter und solche, die es noch werden wollen, anzieht.«

»Ich habe Ihnen doch schon gesagt, daß ich verdufte.«

»Ja. Aber Sie haben mir meine Frage nicht beantwortet.«

»Das kann ich auch nicht, Mr. Dempster. Weil ich die Antwort nämlich nicht weiß. Falls einer von meinen Anhängern ein Brandstifter ist, glauben Sie etwa, daß er mir das sagen würde?« Nach einer kurzen Pause fuhr er fort. »Oder vielleicht nehmen Sie an, daß ich ein paar von ihnen absichtlich dazu abgerichtet habe, diese Feuer zu legen? Ist es so?«

»Ich glaube gar nichts. Ich will nur hören, was Sie glauben.«

»Soviel ich weiß, sind alle meine Leute anständig. Aber darauf müssen Sie sich natürlich nicht verlassen. Fragen Sie Captain Dalton. Der hat sämtliche Namen aus meiner Kartei. Sind Sie jetzt zufrieden?«

»Teilweise.« Ich beugte mich näher. »Da wir schon von Ihren Anhängern reden. Vielleicht können Sie mir eine Auskunft geben. Ist einer von ihnen zufällig ein kleiner Mann, etwa einssechzig bis -fünfundsechzig, der einen braunen Mantel trägt? Der, an den ich denke, hat beinahe eine Glatze. Er hat ein weißes Gesicht, tiefe Ringe unter den Augen und die Gewohnheit, ständig an den Lippen zu nagen. Er sieht fast wie ein Hanswurst aus –«

Ogundu stand auf. Er ging zu seinem Karteischrank, öffnete ihn, nahm einen Gegenstand heraus und warf ihn auf den Schreibtisch. Das Ding klirrte und blieb liegen. Vor mir lag ein langes, funkelndes Messer. Ich kannte es verdammt gut.

»Gehört ihm das?« fragte Ogundu.

»Ja. Dann kennen Sie ihn also?«

»Ich habe ihn gestern abend gesehen. Ich habe lange gearbeitet, und so gegen zehn Uhr wollte ich noch irgendwo einen Kaffee trinken. Als ich die Seitentür öffnete, kam das Ding angesaust. Es blieb dicht neben meinem rechten Ohr im Türrahmen stecken. Da habe ich Ihren Mann gesehen. Er lief die Straße entlang, aber ich konnte ihn vorher noch deutlich sehen. Was ist denn das für ein komischer Vogel?«

»Das weiß ich nicht«, sagte ich. »Aber ich möchte es wissen. Haben Sie der Polizei davon erzählt?«

Ogundu schüttelte den Kopf. »Ich hab so schon genug Ärger. So geht es schon die ganze Woche, seit es in der Bruderschaft gebrannt hat. Die Leute warnen mich, daß es jemand darauf abgesehen hat, sämtliche Sektenführer zu vertreiben. Meine Sekretärin ist schon halb tot vor Angst und will kündigen.«

»Ihre Sekretärin«, hakte ich ein. »Wie steht's denn mit der?«

»Da gibt es nichts zu berichten. Heißt Rideaux. Diana Rideaux. Arbeitet schon seit sechs, sieben Monaten bei mir. Anständiges Mädchen. Nettes Mädchen. Sie haben sie ja gesehen.«

Ich nickte. »Ist sie eine – Gläubige?«

»Ob sie an den Schwindel hier glaubt, meinen Sie? Ach

wo, die doch nicht. Wie sollte sie an etwas glauben, wenn sie sämtliche Tricks mit ansieht. Warum fragen Sie?«

»Bloß aus Neugier. Immerhin ist es ziemlich ungewöhnlich, daß eine – ich meine, diese Art Arbeit…«

Wieder lächelte Ogundu. »Ich weiß, was Sie meinen. Eine Weiße, die bei einem Schwarzen arbeitet. Die Antwort ist einfach. Sie heißt hundert Dollar die Woche. Aber Diana ist ihr Geld wert; sie ist sehr vernünftig. Zumindest war sie es bis zur vorigen Woche. Seit damals bildet sie sich ständig ein, daß ihr jemand nachgeht. Da fällt mir übrigens ein, daß sie etwas von diesem kleinen Burschen mit dem Messer erwähnt hat. Ich glaube, das ist am Donnerstag gewesen. Ich hab sie ausgelacht.«

»Jetzt lachen Sie nicht mehr.«

»Da haben Sie recht. Ich lache nicht. Ich haue ab.«

»Sie haben Angst«, murmelte ich.

»Schön, hab ich. Ich hab mir hier ein nettes, kleines Unternehmen ohne Scherereien aufgebaut. Und auf einmal ist der Teufel los. Es brennt, Leute werden ermordet, und jemand wirft mit Messern nach mir. Ich weiß nicht, was das soll, und ich bin auch gar nicht weiter neugierig. Drucken Sie das ruhig in Ihrer Zeitung, wenn Sie wollen. Drucken Sie, daß ich Angst habe und weglaufe. Mir ist das egal.«

»Das hätten Sie wohl gern, wie?« fragte ich. »Die Leute sollen glauben, daß Sie die Stadt verlassen haben, weil Sie eingeschüchtert worden sind. Das ist besser als die Vermutung, Sie sind abgezogen, weil Sie zuviel wissen.«

»Ich weiß gar nichts«, sagte Ogundu.

»Erzählen Sie doch keine Geschichten! Sagen Sie die Wahrheit! Vielleicht könnte ich Ihnen helfen. Sie wollen doch nicht, daß diese Verbrechen weitergehen, oder?«

»Ich habe getan, was ich konnte«, antwortete er. »Und jetzt haue ich ab. Aus.«

Der Wink war nicht schlecht; ich befolgte ihn. »Gute Nacht«, sagte ich.

»Leben Sie wohl.«

Ich ging durch den leeren Saal und trat auf die Straße. Der kleine Mann war nicht zu sehen. Dabei hätte es mich nicht mal besonders überrascht, wenn er dagewesen wäre. Der Abend hatte mich schon gegen Überraschungen abgehärtet.

Aber er war nicht da. Ich fuhr nach Hause; es war schon ein paar Minuten nach elf.

Ich parkte vor meinem Wohnhaus und sah mich nach Mrs. Loodens und ihrem Wagen um. Offenbar war sie noch nicht da. Um ganz sicher zu sein, stieg ich zu meiner Wohnung hoch. Die Tür war verschlossen, und Mrs. Loodens stand auch nicht auf dem Korridor.

Ich ging wieder nach unten und wartete im Hausflur. Träge sickerten die Minuten dahin. Elf Uhr fünfzehn, elf Uhr dreißig, elf Uhr vierzig.

Na schön, dann eben nicht.

Ich drehte mich um; ich wollte schon zur Treppe gehen, als ein Taxi vor dem Haustor anhielt. Die letzte Überraschung dieses Abends.

Diana Rideaux kam näher, öffnete die Haustür und lag in meinen Armen.

15

Wir lagen auf dem Diwan. Es war ziemlich viel Zeit verstrichen; Mrs. Loodens hatte sich nicht blicken lassen. Ich hatte ihr keine brennende Lampe ins Fenster gestellt. Ich hatte überhaupt keine Lampe eingeschaltet. »Zufrieden?« flüsterte ich.

»M-hm.«

»Aber warum hast du mir das denn nicht gesagt?«

»Was? Daß ich bei Ogundu arbeite? Wie konnte ich, nach dem, wie du über Sekten und ihre Führer gesprochen hast? Ich habe mich geschämt –« Sie rückte ab. »Ich schäme mich auch jetzt.«

Ich zog sie wieder an mich.

»Aber du bist trotzdem hergekommen.«

»Das mußte ich. Als ich dich heute abend dort sah, habe ich gewußt, daß ich zu dir kommen mußte.«

»Du weißt, daß ich dir kein Haar gekrümmt hätte«, sagte ich.

»Ja. Es war schrecklich dumm von mir, zu glauben, daß...«

»Na, was denn?«

Flüsternd stieß sie hervor: »Daß du das Feuer gelegt hast.«

»Weil ich damals abends den brennenden Zigarettenstummel weggeworfen habe? Das war doch bloß ein dummer Zufall.«

»Ja.« Sie seufzte. »Bloß wußte ich damals nicht, was ich davon halten sollte. Und dann habe ich in der Zeitung über Professor Ricardi gelesen.«

»Dabei mußt du aber auch mein Alibi gelesen haben. Und was im Zuge der Einvernahme gesagt wurde.«

Sie schmiegte sich wieder eng an mich. »Verzeih. Ich war bloß völlig durcheinander. Und dann, als mir jemand nachging...«

»Wer ist dir denn nachgegangen?«

»Bitte, reden wir nicht davon. Es ist unwesentlich. Ogundu hat mir versichert, daß ich mir das alles nur einbilde.«

»Hast du gesehen, wer es war? Könnte es ein kleiner Mann mit auffallend weißem Gesicht gewesen sein?«

»Eigentlich habe ich niemanden gesehen.« Sie klammerte sich an mich und flüsterte. »Außerdem spielt das doch jetzt keine Rolle mehr. Jetzt, wo ich bei dir bin, kann mir kein Mensch mehr etwas antun, nicht wahr, Phil? Du bist mir doch nicht mehr böse, weil ich so dumme Gedanken hatte, du verzeihst mir doch –«

»Da gibt es nichts zu verzeihen. Du bist nicht die einzige, die meine Geschichte angezweifelt hat. Und ich selbst verdächtigte ständig alle und jeden. Dich auch, als du so unerwartet den Kopf in Ogundus Büro gesteckt hast.« Ich strich ihr das Haar glatt. »Aber das ist jetzt vorbei; es ist mir völlig egal, bei wem du arbeitest, wenn du nur zu mir gehörst.«

»Das tu ich, Phil. Das weißt du doch.«

»Ja.«

»Und ich habe Ogundu gekündigt.«

»Gute Idee.« Er schien ihr also nicht gesagt zu haben, daß er die Stadt verlassen wollte. Und ich hielt weder den Zeitpunkt noch den Ort für richtig, es zu erwähnen. Trotzdem drängte es mich, sie ein bißchen auszufragen. »Bei meinem heutigen Gespräch mit Ogundu habe ich ihn auch wegen der Brände befragt. Ich wollte wissen, ob einer seiner Anhänger etwas damit zu tun haben könnte. Du kennst den Verein doch was meinst du?«

Sie richtete sich nachdenklich auf. »Mir ist nichts Verdächtiges aufgefallen. Zwar geraten die Anhänger bei jeder Versammlung immer ziemlich in Ekstase, aber soviel mir bekannt ist, hat es niemals irgendeinen Zwischenfall gegeben. Nicht einmal bei den Brandmalen –«

»Was für Brandmale? Davon hat Ogundu mir nichts gesagt.«

»Einige seiner Helfer, die sich selbst zum Inneren Kreis zählen, unterwerfen sich einem Ritual. Sie lassen sich den Phönix auf die Arme oder die Brust einbrennen.«

»Klingt reichlich primitiv.«

»Das fand ich auch. Aber Ogundu meint, da ist gar nichts dabei. Das macht man sogar manchmal bei Studentenverbindungen. Hokuspokus für die Blöden, nennt er es.«

Ich drückte ihre Hand. »Was für ein Mensch ist dieser Ogundu überhaupt?« fragte ich mit gleichmütiger Stimme. »Wie benimmt er sich? Hat er irgendwelche besonderen Gewohnheiten oder Schrullen?«

Ihre Hand zitterte; sie zog sie weg. »*Das* glaubst du, Phil? Du meinst, *er* könnte –«

»Ich weiß es nicht.«

»Das kommt einem vor wie ein Alptraum, nicht?« flüsterte sie.

»Beruhige dich«, sagte ich; ich zog sie wieder an mich. »Ich tu dir doch nichts.«

»Ich weiß. Aber wenn ich denke, was geschehen ist – bitte, Phil, mach das Licht an!«

»Angst vor der Dunkelheit?« Ich neigte den Kopf zu ihr. Sie drehte sich weg.

»Oder vor *mir*?« Ich mußte es einfach aussprechen; ich mußte ihre Antwort hören. Ich wartete darauf. Und sie gab mir diese Antwort; aber nicht mit Worten, sondern mit zitterndem Schweigen. Und das war schlimmer als Worte.

Ich fühlte ihren Körper unter mir; ich spürte, wie meine Arme sie umfingen. Genauso hatte ich Ricardi gehalten, als ich ihn umdrehte und sein Gesicht sah. Genauso hatte ich den *anderen* Körper in meinen Träumen gehalten, wenn ich ihn umdrehte und sein Gesicht sah; die glasigen Augen, die verbrannte Fratze. Ich hatte es in meinen Träumen gesehen, und ich wußte, was es war. Aber ich konnte es weder Dalton noch Schwarm sagen. Ich hatte sogar Angst, es vor mir selbst einzugestehen. Deshalb trank ich, um traumlos zu schlafen. Aber früher oder später würde ich reden müssen. Ich mußte den Traum von der Wirklichkeit trennen; ich mußte endlich wissen, wo das eine aufhörte und wo das andere anfing.

Aber noch war es nicht soweit. Ich ertrug es nicht. Ich ertrug dieses Gesicht nicht. Da war Schnaps immer noch besser. Oder das da. Ja, das war besser. Ich hatte sie unter mir, und ich konnte es wiederholen und wieder für kurze Zeit vergessen.

»Hör auf!« jammerte sie.

Aber ich hörte nicht auf; denn sonst hätte ich mich wieder erinnern müssen, und das war nicht auszuhalten. *Pyrophobie*, hatte Schwarm getippt; es stimmte. Angst vor dem Feuer. Angst, sich an einen Brand und an ein Gesicht zu erinnern.

Ich hielt sie umklammert, und meine Hand griff nach ihrem Kleid, und sie schrie leise auf, aber ich konnte nicht aufhören, und dann...

Mit einem Ruck befreite sie ihren Arm und knipste das Licht an.

Es flammte auf wie Feuer.

Ich hielt sie im Arm und starrte in das verkohlte Bild meiner Träume. Dann schrie ich auf.

»Margery!«

Es dauerte nur einen Sekundenbruchteil, dann war es vorbei. Der Spuk war verflogen. Diana lag schluchzend in meinen Armen. Und jetzt konnte ich reden; ich konnte ihr alles erzählen. Ich mußte es ihr sagen, damit sie mich verstand.

»Es ist damals passiert, als ich an der Ostküste war«, flüsterte ich. »Vor etwa einem Jahr. Ich habe Material für mein Buch gesammelt und dieses Mädchen kennengelernt. Sie hieß Margery Hunter. Sie war Malerin und wohnte in einem Strandhaus südlich von Long Beach. Wir haben uns vom ersten Augenblick an verstanden. Ich wollte sie heiraten, aber ich mußte ihr versprechen, damit bis zur Fertigstellung meines Buchs zu warten. Damit war ich einverstanden.

Ich beendete mein Buch und schickte es an den Verleger. Zwei Monate später bekam ich es zurück, um einige Kleinigkeiten daran zu ändern, aber der Verleger hatte es jedenfalls angenommen. Zur Feier des Tages veranstalteten wir in ihrer Wohnung eine Party. Dabei gaben wir gleich unsere Verlobung bekannt.

Sie hatte einen großen Freundeskreis; Maler, Musiker, Strandbummler. Ein leichtlebiges Volk, das gerne Feste feierte. Als wir ihnen den Grund für unsere Party verrieten, beschlossen sie, den Anlaß entsprechend zu würdigen. Einer von ihnen ging weg und kam mit einer halben Kiste Gin zurück. Alle ließen sich vollaufen; es wurde ziemlich heiter.

Margery war völlig betrunken, und wir trugen sie ins Schlafzimmer und legten sie aufs Bett. Dann tranken wir weiter. Nach und nach verzogen sich die meisten Besucher. Zum Schluß waren wir nur noch zu viert, als Oscar –

Oscar Ringold, der Maler – vorschlug, wir sollten gemeinsam schwimmen gehen. Wir hielten das alle für einen köstlichen Einfall, deshalb liefen wir zum Strand und schwammen. Im Wasser wurden wir nüchtern und hatten alle einen klaren Kopf, als wir wieder an Land gingen. Da machte Oscar uns auf den hellen Schein im Strandhaus aufmerksam.

Den Rest kannst du dir sicher schon denken. Wie das Feuer entstanden ist, weiß bis heute niemand genau. Wahrscheinlich hat jemand eine Zigarette fallen lassen. Es war einer jener Unglücksfälle, von denen man immer wieder in den Zeitungen liest.

Bloß las ich diesmal nichts davon. Ich sah es. Vom Meer her blies ein kräftiger Wind, und das Feuer griff wie verrückt um sich. Es dauerte nur ein paar Minuten. Als wir endlich beim Haus waren, war der leichte Holzbau schon halb verbrannt. Das Dach fing sofort Feuer; die Haustür brach ein.

Margery war drinnen. Jemand rannte zur Straße hoch, um ein vorbeikommendes Auto aufzuhalten. Oscar und ein zweiter Mann hielten mich fest, aber ich riß mich los. Die Tür war hoffnungslos blockiert, aber ich fand das Schlafzimmerfenster und kroch hinein.

Und ich fand Margery. Sie war natürlich aufgestanden und hatte versucht, aus dem Haus zu fliehen. Aber es ist ihr nicht gelungen. Keinem Menschen wäre das bei dieser sengenden Hitze geglückt. Sie lag mit dem Gesicht auf dem Boden, als ich endlich bei ihr war; ich glaube, es hat nicht mal eine Minute gedauert, bis ich sie aus dem Haus getragen hatte. Trotzdem waren meine Kleider verbrannt und Haare und Augenbrauen versengt. Auch Margerys Kleider waren verbrannt. Aber das war noch nicht alles.

Das entdeckte ich, nachdem ich sie ins Freie getragen hatte. Es war jetzt taghell; die Flammen umzüngelten mich von allen Seiten, und ich konnte alles sehen. Ich drehte sie um – was war aus ihrem Gesicht geworden...! Diese rote, aufgeplatzte Masse mit den aus den Höhlen getretenen Augen –«

Ich holte tief Luft. »Bei diesem Anblick ging etwas in mir kaputt, Diana. Später habe ich gehört, daß ich durch den Schock zwei Tage bewußtlos gewesen bin. Als ich wieder zu mir kam, war alles vorbei. Es gab kein Haus und keine Margery mehr. Sie ... sie haben sie eingeäschert. Nach der gerichtlichen Untersuchung, natürlich.«

»Hat man dich angeklagt?«

»Kein Mensch wurde angeklagt. Wir waren alle gleichermaßen verantwortlich oder unverantwortlich. Ein tragischer Unfall eben. Sagten die Zeitungen. Aber ich wußte es besser. Es hätte ja meine Zigarette sein können, verstehst du? So wie neulich am Strand. Vielleicht bin ich es gewesen. Und wenn du ihr Gesicht gesehen und sie gehört hättest...«

»Gehört?« hauchte Diana.

»Ja. Das war es ja. Das habe ich nicht einmal mehr gewußt, bis ich Donnerstag abend Ricardi gefunden habe. Ich trug ihn aus dem Haus und drehte ihn um. Und wie ich ihn ansah, war mir einen Augenblick, als stünde ich wieder vor dem Strandhaus, sähe Margery an und hörte ihre Stimme, schwach und wie aus weiter Ferne aus diesem verbrannten Mund. Diese Stimme, die ächzte: ›Hilf mir, hilf mir!‹ Mehr hat sie nicht gesagt. Weil sie dann nämlich gestorben ist. In meinen Armen.«

Ich stand auf. Mein Hemd war klatschnaß vom Schweiß.

»Begreifst du jetzt, warum ich Angst habe?« fragte ich.

»Warum ich trinke? Damit mich diese Träume verschonen; damit ich vergessen kann.«

Margery kam auf mich zu, schlang die Arme um mich, und ich starrte in diese verheerte Fratze hinab, und dann zerfloß sie, und ich wußte, daß ich Diana in den Armen hielt. Alles zerfloß.

»Jetzt ist es vorbei«, murmelte ich. Und das war nicht bloß so hingesagt. Es war wirklich vorbei. Ich hatte es mir von der Seele geredet. »Du bist besser als Schwarm.«

»Keine Angst mehr?«

»Nein. Und du?«

Sie schüttelte den Kopf. »Ich konnte die Zusammenhänge ja nicht ahnen.«

Ich lächelte sie an. »Jetzt wird alles besser werden«, sagte ich. »Du wirst schon sehen.«

Das Telefon klingelte.

Ich hob ab, meldete mich und hörte zu.

»Sind Sie allein?« sagte die Stimme.

Ich zögerte kurz. »Ja. Warum?«

»Dann kommen Sie sofort her. Ich habe eben Besuch gehabt. Ihren Freund mit dem weißen Gesicht.«

»Ist er bei Ihnen?«

»Nein, er ist schnell wieder weggelaufen. Aber nicht, ehe er es mir gesagt hat.«

»Was hat er Ihnen gesagt?«

»Was Sie gerne wissen möchten, Dempster. Deshalb ist er gekommen. Er hat behauptet, er wollte mich warnen, weil ich der nächste sei. Und er weiß, wer es ist.«

»Wollen Sie es mir nicht sagen?«

»Persönlich, wenn Sie bei mir sind. Dann können wir uns auch über die Belohnung unterhalten.«

»Welche Belohnung?« fragte ich.

»Die Zeitung hat etwas von tausend Dollar geschrieben. Die kämen mir gerade recht.«

»Ich werde meinen Freund Cronin anrufen. Er wird...«

»Sie rufen niemanden an. Ich brauche Ihren Freund Cronin nicht. Ich will auch nicht, daß mir die Bullen ins Haus kommen. Ich schleiche mich davon wie ein Dieb. Morgen früh um sechs geht mein Flugzeug. Also kommen Sie entweder augenblicklich oder gar nicht.«

»Bin schon unterwegs.«

»Gut. Ich erwarte Sie. Aber keine Dummheiten. Kommen Sie allein.«

»Danke.«

Ich legte auf.

Diana stand neben mir. »Wer war das?«

»Ogundu«, sagte ich. »Hab ich dir nicht versprochen, daß jetzt alles gut wird? Er weiß, wer der Brandstifter ist.«

»Was? Aber wie...«

»Mein Freund«, grinste ich. »Mein Kumpel. Das Harlekingesicht. Er war eben bei ihm und hat ihn gewarnt. Ich muß sofort zu Ogundu fahren, weil er abreisen will.«

»Verständigst du nicht die Polizei?«

»Ich habe ihm versprochen, es nicht zu tun. Dein Chef ist ziemlich verängstigt.«

Diana legte mir die Hand auf den Arm. »Weshalb sollte er ausgerechnet dir die Wahrheit sagen? Und warum glaubst du ihm die Geschichte von dem kleinen Mann?«

»Er scheint es auf die tausend Dollar Belohnung abgesehen zu haben«, antwortete ich. »Deshalb ist er bereit zu sprechen. Und was er mir über den kleinen Mann erzählt hat, klingt überzeugend. Immerhin scheint der es auch gewußt zu haben, als Ricardis Uhr abgelaufen war.«

»Ja, aber...«

»Komm«, sagte ich. »Ich muß mich beeilen. Ich setze dich bei deiner Wohnung ab.«

»Bitte, Phil, paß auf dich auf.«

»Mach ich. Ich lasse dich in deiner Wohnung und geh allein hin. Wenn ich innerhalb einer halben Stunde nicht wieder zurück bin, rufst du die Polizei an. Einverstanden?«

Sie schüttelte den Kopf.

»Ich gehe mit.«

»Er wird verärgert sein.«

»Darauf mußt du keine Rücksicht nehmen. Schließlich wollte er verschwinden, ohne mir ein Wort zu sagen, nicht wahr? Ich bin ihm nichts schuldig.«

»Auch ein Grund, sich in Gefahr zu begeben.«

»Du gibst also zu, daß es gefährlich werden könnte«, lächelte Diana triumphierend. »Ein Grund mehr, daß ich mitkomme. Von jetzt an stürzt du dich in keine Abenteuer mehr, es sei denn, du nimmst mich mit.«

»Na schön«, sagte ich achselzuckend. »Aber du wartest draußen im Wagen.«

»Darüber unterhalten wir uns, wenn wir erst dort sind. Komm.«

Wir schlossen die Wohnung ab und liefen die Treppe hinunter. Es war angenehm, ihren Arm an meinem zu spüren; aber als wir im Hausflur waren, machte ich mich los und ging voraus.

»Was hast du, Phil?«

»Nichts. Kleine Vorsichtsmaßnahme.« Ich drückte mich flach an die Wand, sah durch die Glastür und suchte die Straße vor dem Haus ab.

Mir war schon auf der Treppe so gewesen, als hätte ich ihn flüchtig gesehen, und ich hatte mich nicht geirrt. Da stand er jetzt wartend am Gehsteigrand; der große, schwarze, funkelnagelneue Lincoln.

»Komm mit!« murmelte ich. »Wir gehen durch die Hintertür. Schnell!«

Sie drehte sich um und lief durch den Flur. Ich sah mich noch schnell um, weil ich ganz sicher sein wollte.

Das genügte. Ich sah Weatherbee aus dem Wagen steigen und auf die Haustür zugehen. Und er sah mich. Seine Hand fuhr in die Jackentasche und kam wieder hervor. Ich duckte mich schnell, aber nicht schnell genug.

Er rannte. Ich sah über die Schulter zurück. Diana öffnete eben am anderen Ende des Flurs die Hintertür. Ich sah sie verschwinden, dann drehte ich mich um und sah den beiden entgegen: Weatherbee und seiner Kanone.

16

»Wo ist sie?« Weatherbee wedelte mit der Pistole.

»Wer?«

»Sie wissen schon, wen ich meine. Was habt ihr beiden überhaupt für krumme Touren gemacht?«

»Gar keine«, sagte ich. »Wir haben uns unterhalten.«

»Lächerlich!« Er rückte näher. Ich merkte, daß er getrunken hatte. Aber seine Hand war völlig ruhig. »Im Dunkeln?«

»Was geht das Sie an? Sie gehört mir.«

»Ach, was Sie nicht sagen. Jetzt gehört sie also *Ihnen*, wie? Sie gehen aber scharf ran, Dempster. Beinahe hätte ich Lust, Ihr Tempo etwas abzubremsen.«

»Augenblick mal«, murmelte ich. »Sie bringen alles

durcheinander. Sie glauben, daß Mrs. Loodens bei mir gewesen ist, was?«

»Glauben? Ich weiß es verdammt genau.«

»Ich hab sie um sieben Uhr gesehen, das stimmt. Aber dann ist sie weggefahren und nicht mehr zurückgekommen. Das Mädchen in meiner Wohnung war Diana Rideaux.«

»Das müssen Sie mir erst beweisen.«

»Unmöglich. Sie hat sich eben durch die Hintertür verdrückt.«

»Gehen wir.«

Die Pistole drängte mich durch den Ausgang. Wir standen allein im Hof hinter der Wohnung.

»Sie ist weg«, sagte ich. »Da ist niemand.«

Wie recht ich damit hatte, fiel mir erst während des Sprechens auf. Wir waren völlig allein in der Dunkelheit; und kein Mensch konnte mir beistehen. Der Nachtwind strich über den leeren Hof. Sicher blies er auch über die Stadt und fachte die Flammen an. Er würde auch durch das Loch in meinem Schädel wehen, wenn Weatherbee abgedrückt hatte.

Aber vorläufig hatte er noch nicht abgedrückt.

»Ich kann nur hoffen, daß Sie die Wahrheit sagen«, sagte Weatherbee. »Man gewinnt nichts dabei, wenn man ein Weibsstück wie Mrs. Loodens deckt. Ich hätte sie gleich selbst anzeigen sollen, nachdem ich Näheres über den Tod ihres Mannes erfahren hatte.«

Ich kniff die Augen zu. »Aber sie hat gesagt, daß Sie –«

»Natürlich. Sie behauptet, ich hätte ihn umgebracht. Seien Sie doch nicht kindisch. Warum hätte ich es denn tun sollen? Was hätte ich davon gehabt? Geerbt hat doch sie.«

»Können Sie beweisen, was Sie da reden?«

»Ob ich rechtsgültige Beweise dafür habe, meinen Sie? Nein. Sonst wäre ich schon längst zur Polizei gegangen. Aber mit diesen Brandstiftungen bringe ich sie zu Fall. Warten Sie's nur ab! Was meinen Sie, warum ich sie seit Tagen beschatte?«

»Sie glauben doch nicht im Ernst, daß sie die Brände gelegt hat? Warum hätte sie das Haus der Weißen Bruderschaft anzünden sollen?«

»Weil sie gewußt hat, daß ich seit kurzem daran beteiligt bin; das hat ihr einen Schreck eingejagt. Sie hat befürchtet, ich könnte Ricardi die Schau stehlen. Deshalb hat sie den Verein abbrennen lassen, ganz einfach.«

»Und hat anschließend ihren Liebhaber ermordet? Das ist doch Unsinn!«

Weatherbee nickte bedächtig, aber seine Pistole zielte weiter auf mich. »Ich habe eine Neuigkeit für Sie«, sagte er. »Ricardi war im Begriff, an mich zu verkaufen. Ich hatte den Vertrag schon vorbereitet. In zwei Wochen hätte er den Zusammenschluß mit der Weißen Bruderschaft bekanntgegeben.«

»Hat sie das gewußt?«

»Er muß sich einmal verplappert haben. Da hat sie eben zugeschlagen.« Wieder nickte er. »Das deckt sich genau mit dem Beweisverfahren bei der Untersuchung, Dempster. Niemand ist gewaltsam in Ricardis Haus eingedrungen. Er hat seinen Mörder selbst eingelassen. Und wer wird am späten Abend wohl am ehesten zu Ricardis Schlafzimmer Zutritt gehabt haben?«

»Aber ihr Hausmädchen hat ausgesagt, sie sei mit Kopfschmerzen zu Hause gewesen.«

»Für zwanzig Dollar bestätigt ihr das Mädchen, was sie will.«

Ich sah ihn scharf an. »Ist das auch nicht nur die Eifersucht?«

Die Pistole zuckte hoch, und ich schluckte. Sein dicker Zeigefinger drückte auf den Abzug. Aber dann erschlaffte er wieder. Weatherbee seufzte.

»Na schön, bin ich eben eifersüchtig. Sie haben sie gesehen – also werden Sie mich auch verstehen. Aber ich weiß, daß die Sache brenzlig wird; ich kann warten.«

»Na, offenbar kommt sie heute nicht mehr. Ich habe Ihnen die Wahrheit gesagt. Ich hatte wirklich Diana Rideaux bei mir, die Sekretärin von Ogundu.«

»Ogundus Sekretärin?« Wieder riß er die Pistole hoch. »Warum haben Sie mir das nicht gleich gesagt?«

»Sie haben mich ja nicht zu Wort kommen lassen.« Ich konnte den Blick nicht von der Pistole wenden. »Ich habe sie kürzlich kennengelernt, aber nicht gewußt, daß sie bei Ogundu beschäftigt ist. Heute abend in seinem Vereinshaus habe ich sie wiedergesehen.«

»Was hat er gesagt?«

»Er bricht seine Zelte hier ab. Scheint Angst vor der Polizei zu haben.«

»Weiß das Mädchen mehr? Wo sollte es denn überhaupt so schnell hingehen?«

Ich zögerte.

Weatherbees Mund wurde schmal. Sein Finger lag wieder gespannt am Abzug.

»Na schön«, sagte ich leise. »Ogundu hat angerufen. Er hat erfahren, wer der Brandstifter ist. Ich wollte noch mit ihm reden, ehe er abreist.«

»Und das Mädchen?«

»Der hab ich gesagt, sie soll in ihrer Wohnung warten, bis ich zurück bin.«

Die Pistole schob mich vorwärts. »Kommen Sie. Wir fahren zu Ogundu.«

»Aber ich mußte ihm versprechen, daß ich allein kommen würde.«

»Dann werden wir ihn eben überraschen. Marsch!«

Ich marschierte durch den Hof; der Nachtwind fächelte mir das Gesicht, und der Pistolenlauf bohrte sich in meinen Rücken. Als wir den Wagen erreichten, steckte er die Pistole in seine Jackentasche, aber seine Hand blieb immer in unmittelbarer Nähe.

Der Lincoln heulte auf. Es war spät; die Straße lag verlassen da. Wir fuhren schweigend durch die dunkle Gegend; wir landeten schließlich bei einem dunklen und stummen Gebäude. Der Tempel der Lodernden Flamme war unbeleuchtet und schwarz.

Wir hetzten hintereinander über die Stufen. Ich konnte in den tiefen Schatten nichts sehen. Ich hätte zwar ein Streichholz anzünden können, aber das wollte ich nicht.

Weatherbee hämmerte gegen die Tür. Keine Antwort. Im Hausinneren war weder Licht zu sehen, noch waren Schritte zu hören. Der Widerhall seiner trommelnden Fäuste vermengte sich mit dem Rascheln des Windes.

Mir fiel ein anderer Abend ein, an dem ich vor Ricardis Tür gestanden und mich vergeblich bemüht hatte, eingelassen zu werden. Ich sah mich um. Hier gab es keine bodenlangen Fenster.

»Vielleicht gibt es eine Hintertür«, sagte Weatherbee. »Sehen wir nach.«

Wir liefen die Stufen hinunter und entdeckten einen schmalen Durchgang zwischen dem Vereinshaus und dem Nachbargebäude. »Sie gehen vor«, befahl er.

Ich marschierte, und er folgte mir mit gezückter Pistole.

Ich tastete mich weiter und bog dann um eine Ecke des schmalen Durchgangs.

Es gab tatsächlich eine Hintertür. Ich drückte dagegen und drehte den Knauf. Die Tür öffnete sich.

»Kommen Sie«, flüsterte ich. »Hier lang!«

Ich blinzelte in die Dunkelheit zurück und wartete auf ihn.

Und dann kam er.

Ganz langsam bog er um die Ecke. Seine Hand klammerte sich an die Wand; sie glitt ab, als er stürzte.

»Weatherbee!«

Ich beugte mich über die schwer erkennbaren Umrisse der Gestalt, die ausgestreckt auf dem Boden lag. Ich griff nach ihm und berührte sein Gesicht. Es war kalt. Meine Finger krochen zu seinem Hals; plötzlich waren sie feucht und klebrig.

Als ich mich aufrichtete, sah ich eben noch das stumpfe Aufblitzen im Schatten des Durchgangs. Es sauste auf mich zu.

Mit einem Satz rettete ich mich hinter die Ecke, riß an der Tür und hetzte weiter.

Taumelnd und keuchend stolperte ich über die Schwelle; dann drehte ich mich um und warf die Tür hinter mir zu. Ich hörte das Schloß klickend einschnappen.

Sicher war ich im Kellereingang des Tempels. Ich suchte nach einem Lichtschalter, gab es aber dann auf, weil mir das zu gefährlich vorkam. Ich hörte nämlich, wie jemand von außen ungestüm am Türknauf rüttelte. Dann schnaufte jemand schwer und schlug wütend gegen die Holztür.

Ich drehte mich um und tastete mich durch den Korridor, bis meine Füße die unterste Stufe der Treppe fanden.

Die Treppe mußte zu dem an der Rückseite des Hauses verlaufenden Gang führen, an dem Ogundus Büro lag.

Ich stieg die dunkle Treppe hoch und kam auf einen Flur. Meine Schätzung stimmte. Aus einem Türspalt am Ende des Ganges schimmerte Licht. Ogundus Büro.

Ich öffnete die Tür; er erwartete mich. Er saß hinter seinem Schreibtisch und lächelte mir still und friedlich entgegen.

»Phil – Gott sei Dank, daß du da bist!«

Ich drehte mich ruckartig um und schloß die Tür hinter mir. Sie hatte hinter der offenen Tür an der Wand gestanden. Sie warf sich in meine Arme.

»Was ist los, Diana?«

Sie brachte keine Antwort heraus; sie zeigte nur mit ausgestrecktem Finger auf ihn.

Ich riß mich von ihr los und ging zu dem lächelnden Neger. Ich ging rund um seinen Stuhl herum. Und jetzt konnte ich auch seinen Hinterkopf sehen. Oder das, was davon noch übrig war.

Ogundu hatte keine Veranlassung zu lächeln.

»Was ist denn hier passiert?« murmelte ich.

Diana schüttelte den Kopf. Sie vermied es, mich anzusehen. Ich folgte ihrem Blick. Sie starrte ihre rechte Hand an, in der der große schwere Revolver lag.

Wir sahen ihn beide lange Zeit wie gebannt an. Schließlich machte sie den Mund auf. Ihre Stimme war nur ein Flüstern, aber trotzdem füllte sie das Zimmer aus; das Echo blieb unauslöschlich in der Luft hängen.

»Ja, Phil, ich habe ihn getötet.«

Ich nahm ihr den Revolver ab und legte ihn auf den Tisch. »Seiner?« murmelte ich.

Diana nickte. »Er hatte ihn in der Hand.«

»Für wen?«

»Für dich.« Sie trat zu mir. »Begreifst du nicht? Ich habe recht gehabt. Er hat dir wirklich eine Falle gestellt.«

Ich hob ihr Kinn hoch. »Jetzt mal der Reihe nach. Von Anfang an!«

»Nachdem ich von dir weggegangen war, bin ich hierhergekommen. Ich hatte Angst, in meine Wohnung zu gehen und dort zu warten. Ich mußte wissen, was los war.«

»Du hättest lieber warten sollen. Oder die Polizei anrufen.«

»Daran ist jetzt auch nichts mehr zu ändern. Es ist passiert. Ach, Phil, quäl mich doch nicht; es ist schlimm genug zu wissen, daß ich da hineingeschlittert bin, ohne « Sie fing an zu weinen. Ich drückte sie fest an mich. Sie erzählte weiter.

»Ich habe mit meinem eigenen Schlüssel aufgemacht und bin eingetreten. Ogundu muß wahnsinnig erschrocken sein, aber er hat sich nichts anmerken lassen. Er wollte nur wissen, was ich hier wollte. Da habe ich ihm gesagt, daß ich an deiner Stelle gekommen bin, weil du verhindert wärst. Und er sollte mir die Auskunft geben, die er dir versprochen hatte.«

»Und hat er sie dir gegeben?«

Diana schüttelte den Kopf. »Nein. Er wollte mit niemandem außer dir reden. Er hat behauptet, du seist der einzige, der es verdiene, die Wahrheit zu hören. Ich habe ihn gefragt, was er damit meine, aber er gab mir keine Antwort, sondern hat mir geraten zu gehen. Aber ich habe ihm geantwortet, daß ich nicht eher fortginge, bis ich alles wüßte.

Da hat er mich angesehen und gesagt: ›Sie scheinen ja wirklich zu allem entschlossen zu sein.‹ Dabei hat er gegrinst und zu Boden gesehen; da hab ich erst den Petroleumkanister gesehen.«

Diana brach ab; ich sah jetzt auch zu Boden. Da stand tatsächlich eine Petroleumkanne. Und rundum war eine Unmenge Papier verstreut. Langsam kroch mir etwas über die Wirbelsäule. Bei Dianas Worten begann es, schneller zu kriechen.

»›Stimmt‹, hat er gesagt. ›Ich wollte ihm die Wahrheit sagen.‹ Und dabei zog er den Revolver hervor und richtete ihn auf mich; und dabei redete er pausenlos und erzählte mir, was er vorgehabt hatte. Er hat auf dich gewartet, um dich zu ermorden. Dann wollte er das Haus anzünden, die Polizei verständigen und aussagen, er hätte dich in Notwehr erschossen. Damit wäre das Rätsel für die Polizei gelöst gewesen, und er hätte eine saubere Weste gehabt. Er hat dich gehaßt, Phil. Deine Nachforschungen waren ihm unbequem. Vermutlich hat er gehofft, sämtliche ansässigen Sekten zu vernichten, aber dann bist du aufgetaucht.

Nachdem du aber nicht gekommen warst, wollte er seinen Plan trotzdem verwirklichen; bloß sollte ich jetzt das Opfer sein.« Diana schloß die Augen. »Er wollte schon den Revolver hochheben – da bin ich mit einem Satz zu ihm hingesprungen, hab sein Handgelenk gepackt und ihm den Arm umgedreht. Dabei ist der Revolver losgegangen, und er ist auf den Stuhl gesunken.

Dann habe ich lange Zeit so dagestanden; ich konnte

mich einfach nicht rühren. Wie lange, weiß ich nicht. Ich weiß nur, daß ich irgendwann draußen auf dem Flur Schritte hörte. Da habe ich mich hinter der Tür versteckt. Dann bist du gekommen.«

»Ist das alles?« fragte ich.

Sie nickte.

»Jetzt werden sie dich aber ganz schön durch den Wolf drehen«, sagte ich. »Die Polizei wird dich ins Kreuzverhör nehmen.«

Diana riß die Augen weit auf. »Du wirst doch nicht etwa die Polizei anrufen?«

Ich nickte. »Was denn sonst?«

Sie starrte mich an. »Phil! Nicht, Phil –!«

»Schön, dann sag mir lieber, wie es wirklich gewesen ist. Vielleicht kannst du mir erklären, wie du Ogundus Handgelenk gedreht hast, daß er sich selbst in den Hinterkopf geschossen hat?«

»Er muß sich umgedreht haben – ja, jetzt fällt es mir wieder ein – er hatte sich sekundenlang losgerissen –«

Sie war blaß; ihre Augen waren geweitet, und die Worte sprudelten viel zu schnell von ihren Lippen. Und ich fühlte, wie langsam tief in mir die Übelkeit aufstieg. Übelkeit und Kälte.

»Hör auf, Diana! Er hat auf diesem Stuhl gesessen, als du ihn erschossen hast. Er hat sich nicht gewehrt. Er hat nicht geahnt, daß du dich von hinten an ihn anschleichen und ihm eine Kugel in den Kopf schießen würdest –«

Sie kam näher und legte mir beide Hände auf die Schultern.

»Liebling – du weißt nicht, was du redest –«

»Doch. Allmählich wird mir so manches klar.« Ich packte sie am Kragen ihrer Bluse. »Du bist mit der Absicht hergekommen, Ogundu zu töten, weil der kleine blasse Mann ihm verraten hat, daß du die Brandstifterin bist.«

»Das ist doch Unsinn; das weißt du doch selbst. Das erstemal waren wir beide zusammen –«

»Du hast dich vor eins von mir getrennt; und statt nach Hause zu gehen, bist du ins Vereinshaus der Weißen Bruderschaft gegangen. Mit dem Alibi, das du mir vor Dalton ausgestellt hast, hast du dir so nebenbei auch gleich selbst ein Alibi verschafft. Hat doch wunderbar geklappt, nicht wahr?«

Ihre Lippen formten Worte; aber sie brachte keinen Ton hervor.

»Aber mit einem hast du nicht gerechnet«, sagte ich. »Der kleine Mann muß dich gesehen haben. Und ich vermute, daß er dir seit damals nachgegangen ist. So hat er dich am nächsten Tag überwacht, als du dich mit Ricardi verabredet hast. Auf diese Art ist es dir gelungen, ihn zu ermorden, wie? Du hast ihm versprochen, du würdest zu ihm ins Haus kommen; und das hast du denn ja auch getan. Und natürlich hat er sein Schlafzimmer vor einem so hübschen Mädchen wie dir nicht verschlossen. Und das war ein Fehler. Du hast ihn bewußtlos geschlagen und sein Zimmer angezündet.«

Ich hatte gar keine Zeit zum Überlegen; die Worte drängten sich ganz von selbst in die richtige Reihenfolge. Die Worte und die Taten.

»Der kleine Mann hat es gewußt. Er hat herausbekommen, daß du hier angestellt bist; er hat sich herumgetrieben und auf eine Gelegenheit gewartet, Ogundu unter vier Augen zu sprechen. Heute ist ihm das gelungen. Und Ogundu hat mich angerufen. Du bist erschrocken, als du mich plötzlich bei Ogundu gesehen hast, und bist zu mir gekommen, um mich auszuhorchen, ob ich etwas erfahren hätte. Nach Ogundus Anruf hast du dann gehandelt. Du hast ihn mit seinem eigenen Revolver erschossen. Du hast schon das Papier zusammengetragen, das Petroleum aus dem Keller geholt –«

Sie erstarrte. Wie gefrorenes Feuer lag sie in meinen Armen.

»Was wirst du jetzt tun?«

Ich schob sie von mir. »Was kann ich denn schon tun? Ich werde Dalton anrufen.«

»Nein!«

Sie sah, daß ich die Hand nach dem Hörer ausstreckte; sie packte mich am Handgelenk. Gleichzeitig langte ich nach ihrer Bluse, riß daran und zerrte sie zur Seite.

Die Bluse zerriß.

Sie riß vorn auseinander, und ich sah, was ich in der Dunkelheit der Wohnung und damals am Strand nicht gesehen hatte.

Ich sah, was ich oben auf dem Vorhang gesehen hatte, wovon sie mir erzählt hatte, als sie von den Assistenten und ihren Zeremonien gesprochen hatte.

Es war in ihre Brust eingebrannt; rot und als tiefes Mal über den Brüsten.

Ich sah das Brandmal des Phönix.

Ich starrte es an. Und das war mein Fehler. Ich hätte lieber auf ihre Hand achten sollen. Sie hatte den Revolver vom Schreibtisch gerissen. Sie schlug mir den Griff krachend gegen den Schädel.

18

Ich war wieder bei Bewußtsein. Alles an mir war naß und warm. Nicht klebrig wie das Blut, das mir über den Hinterkopf lief. Es war eine schleichende Nässe, die mich überlief. Ich spürte sie so deutlich wie das gestaute Blut in meinen Gelenken. Meine Hände waren auf dem Rücken gefesselt. Ich lag noch immer auf dem Boden. Und ich war naß.

Ich öffnete die Augen. Sie stand über mir und lächelte. Und dabei übergoß sie mich mit Petroleum.

»Munter?« fragte sie. »Gut. Das freut mich. Ich wollte, daß du munter bist. Damit du es auch sehen kannst.«

»Ich will nichts sehen. Laß mich aufstehen, Diana –«

»Nein. Du bleibst hier. Und wirst ganz brav zusehen. Du wolltest doch unbedingt wissen, wie es ist, nicht wahr? Na bitte, ich werde es dir zeigen.«

Der Gestank raubte mir fast den Atem. Ich riß an meinen Fesseln. Sie band mir die Handgelenke mit einer Schnur noch fester. Sie verknotete sie sehr gründlich.

»Gib dir keine Mühe«, sagte sie. »Es hat doch keinen Zweck.«

Sie ging zu dem Papierstoß und schüttete das restliche Petroleum auf den Abfall.

»Da. Das sollte reichen, was meinst du?« Sie kicherte. »Wahrscheinlich findest du, daß ich sehr schlimm bin.« Irgend etwas war mit ihrer Stimme geschehen. Mit geschlossenen Augen hätte ich geschworen, daß hier ein kleines Mädchen sprach.

Aber meine Augen waren nicht geschlossen. Sie waren weit offen; und ich sah sie, wie sie da drüben stand. Eine erwachsene Frau, der das kupferrote Haar über die nackten Schultern hing. Und zwischen ihren Brüsten flammte das Brandmal.

»Mama hat gesagt, ich bin schlimm. Als ich im Keller das Feuer angezündet habe, hat sie mich dabei ertappt und mich versohlt.«

Ich versuchte, auf die Beine zu kommen. Sie kniete neben mir nieder. »Nicht bewegen«, murmelte sie. »Nur nicht schlimm sein.« Sie kicherte wieder und schlug mir den Revolver über den Schädel. Eine Seite meines Kopfes wurde völlig taub.

»Jetzt lieg schön still. Sieh nur schön zu. Du willst doch alles sehen, nicht wahr?«

»Diana!« ächzte ich. »Um Gottes willen –«

»Ganz richtig. Um Gottes willen. *Du* begreifst doch, nicht? Er will, daß ich sämtliche Altäre des Lasters vernichte, die Erde von jenen reinige, die tönerne Götzenbilder anbeten, und von den Sündern, die sich gegen das Fleisch und den Geist vergehen...« Jetzt kniete sie neben dem Papierstoß. Ich sah, daß sie eine Schachtel Streichhölzer in der Hand hielt.

Plötzlich schlug ihr Tonfall wieder um. Das Kind war verschwunden, und die Fanatikerin auch. Ihre Stimme klang normal, vertraulich und erregt. »Ach, Phil, ist das nicht aufregend? Wart es nur ab. Du kannst dir nicht vorstellen, wie herrlich es ist, wie großartig man sich dabei fühlt. Bestimmt fühlst du dasselbe, wenn du mich in den Armen hältst. Nur ist das hier ein reines Gefühl; es ist lauter und edel; nicht wie das andere. Nein. Gar nicht so wie das, was *du* empfindest.«

»Diana, hör auf!«

»Oh, ich sorge schon dafür, daß es aufhört. Und auch, daß du aufhörst. Du und alle anderen, ihr Werkzeuge der

Wollust. Das ist alles, was ihr wollt, wie? Du und meine Mutter, und ihre Liebhaber – ihr könnt an gar nichts anderes mehr denken!«

Zitternd hockte sie da. Die Streichhölzer fielen aus ihren Fingern, und sie riß den Rest ihrer Bluse herunter.

»Sieh nur! Deine Hände sind gebunden. Du kannst mich nicht berühren. Keiner kann mich berühren. Siehst du das Mal? Gott hat mir befohlen, es zu tun. Ogundu hat nichts davon gewußt. Gott hat mir die Eingebung gesandt, um mich dadurch vor der Sünde zu bewahren. Er hat mich hergeschickt, um alle Sünde fortzubrennen. Und alle Sünder.«

Sie hob die Streichhölzer auf. Ich sah ihr zu, wie sie ein Hölzchen anriß. Das Papier fing Feuer und loderte auf.

»Das brauchen wir jetzt nicht mehr.« Sie stand auf und machte das Licht aus. Die Flammen züngelten hoch, griffen um sich und ließen zuckende Schatten über die Wände laufen.

»Du kannst es sehen, wie?« flüsterte sie. »Jetzt kannst du verfolgen, wie es sich ausbreitet. Wie es wächst. Ich werde auch zusehen. Sonst laufe ich immer weg, aber diesmal bleibe ich und sehe zu. Ich will erleben, wie es brennt.«

Das Papier brannte lichterloh. Es war rot und blau, und jetzt waren auch die Vorhänge rot und blau, und ich spürte die Hitze. Das Feuer lief quer über den Boden auf mich zu.

Sie lehnte sich an die Wand und lachte. Ich rollte mich herum und versuchte, mich in den entferntesten Winkel zu drücken. Das Feuer folgte mir nach. Es kroch heran, fraß sich näher, kroch wieder ein Stückchen.

»Ja«, sagte sie. »Ich will es brennen sehen. Ich will dich

brennen sehen. So wie das Mädchen verbrannt ist, von dem du mir erzählt hast. Sie war schlecht, und du bist es auch. Ich werde Gottes Strafe mit ansehen. So steht es in der Bibel, weißt du? Wie die Sünder ins Feuer gestoßen werden. Spürst du es noch nicht, Phil? Das kommt noch.«

Ich zwängte mich in die Ecke und versuchte, rund um den Schreibtisch zu robben. Das Feuer flutete über den Boden wie ein See; es türmte sich wellenartig hoch.

Diana fing an zu keuchen, aber ihre Augen starrten gebannt in die Flammen. Ich sah, wie sich die Feuerzungen als Pünktchen in ihren Pupillen spiegelten.

»Verbrenne! Ich will sehen, wie du verbrennst! Ich will alles sehen. Mama hat es mir nicht erlaubt; sie hat gesagt, so was tut man nicht; aber jetzt ist sie tot. Gott hat sie getötet. Er zerschmettert die Sünder, und er hat mich erleuchtet und mich zur Sehenden gemacht ...«

Es war grauenhaft, den Umschwung in ihrer Stimme zu hören; aber sie zu beobachten war noch schrecklicher. Ihre Züge veränderten sich wie eine Wachsmaske, die in der Hitze zerschmilzt. Ich sah Diana; dann sah ich ein Kind; dann wieder eine wollüstige Frau. Das war die ungeschminkte Pyromanin, eine Frau, die, von ihrem Wahn getrieben, impulsiv handelt, ohne dabei erst lange nach einem Motiv zu suchen.

Ich hörte sie gellend aufschreien.

Der Feuerschein war grell, und ich konnte alles deutlich sehen. Ich riß den Kopf zurück und starrte über die Flammenwand hinweg.

Diana lehnte neben der Tür an der Wand. Diese Tür war jetzt offen; jemand stand an der Schwelle. Er trat dann in die blendende Helligkeit

Ich sah das Gesicht; das weiße Gesicht, das jetzt im Widerschein blutrot wirkte.

Aber er sah mich nicht. Er hatte nur Augen für das Mädchen.

»Du«, sagte er. »Du hast den Tempel niedergebrannt. Ich hab dich gesehen. Ich habe Ogundu heute abend gewarnt; aber dann habe ich gewartet, weil ich wußte, du würdest kommen.«

Sie duckte sich und versuchte, zur Tür zu gelangen.

»Hexe!« brüllte er.

Plötzlich drehte sie sich um und stürmte aus der Tür. Er wollte ihr den Weg versperren, trat aber dann zur Seite. Als sie an ihm vorbeirannte, hob er den Arm und ließ ihn wieder fallen.

Ich hörte ihn noch einmal brüllen, ohne den Sinn seiner Worte im Augenblick zu erfassen. Sie klangen wie ein Bibelzitat – »Du sollst nicht dulden, daß die Hexe lebt.«

Dann erst begriff ich ihn. Ich begriff es, als Diana vornüberfiel. Das lange Messer steckte tief zwischen ihren Schulterblättern.

Die Hexe war tot.

Ich versuchte aufzustehen, und beinahe gelang es mir. Dann aber stürzte der Schreibtisch krachend um und fiel auf mich. Er war wie eine kleine Insel in diesem Flammenmeer, und jetzt schlugen rundum die Flammen hoch. Der Rauch drang mir erstickend in die Lungen.

In weiter Ferne hörte ich Geräusche, Rufe und Schüsse. Mir war, als sähe ich den kleinen Mann fallen, aber dann schlossen mich die Flammen ein. Ich stürzte.

Ich fing Feuer.

19

Erst nach drei Tagen gestattete mir der Arzt, daß ich mich aufsetzte. Obwohl meine Verbrennungen alle nur den ersten Grad erreicht hatten, war ich zu dick bandagiert, um mich wohl zu fühlen. Als Dalton mich besuchen kam, konnte ich überhaupt nicht sprechen. Schwarm kam am vierten Tag; da war es schon ein bißchen besser.

»Sie werden schon wieder«, sagte er. »Eine Woche bleiben Sie noch hier, dann fahren Sie auf Erholungsurlaub. Sie haben Glück gehabt, daß man Sie rechtzeitig unter dem Schreibtisch hervorgezogen hat. Wenn Clark nicht daran gedacht hätte, Sie in seinen Mantel zu wickeln und die Flammen zu ersticken –«

»Reden wir nicht von Clark«, sagte ich. »Was ist aus dem kleinen Mann geworden? Konnten Sie seinen Namen feststellen?«

»Natürlich. Er heißt John Schoober. Wir haben auch sein Vorleben durchleuchtet. Ein typischer Paranoiker –«

»Warum?« murmelte ich. »Weil er Diana für eine Hexe gehalten hat? Der Meinung bin ich auch. Vielleicht solltet ihr Seelenärzte etwas von unseren Vorfahren lernen, für die jeder Wahnsinnige ein vom Teufel Besessener gewesen ist.«

Schwarm grinste.

Dann stellte ich meine Fragen und flickte mir die Einzelheiten zusammen. Natürlich war es der kleine Mann gewesen, der sich im Durchgang auf Weatherbee gestürzt hatte. Er hatte die Wahrheit gesagt, als er behauptete, Ogundu gewarnt und dann in der Nähe gewartet zu haben. Als er uns sah, bekam er es mit der Angst zu tun; er hatte Weatherbee erstochen.

Nachdem ich vor ihm die Hintertür abgeschlossen hatte, war er durchs Kellerfenster eingebrochen und nach oben gekommen. Dann hat er lange Zeit vor der Tür gewartet; was mich betraf, beinahe zu lange, ehe er all seinen Mut zusammennahm.

Mittlerweile war ein Junge vorbeigekommen; er hatte zufällig Weatherbee im Durchgang entdeckt. Er verständigte die nächste Polizeistreife. Die Polizei kam an, als man das Feuer schon von der Straße aus sehen konnte.

Die Polizisten brachen die Haustür auf und nahmen den Kleinen fest. Und Sergeant Clark kam wie der Blitz angesaust. Er holte mich aus den Flammen.

Schwarm erzählte mir jetzt alles, was er wußte. Er sagte, daß sie sogar Material über Diana Rideaux gesammelt hatten. Er bat mich, ihm zu erzählen, was sich abgespielt hatte; ich antwortete, so gut ich konnte.

»Genau«, sagte er, als ich fertig war. »Paßt alles zusammen. Der Haß gegen die Mutter; Gott als das idealisierte Vatersymbol; die Männer als der leibliche Vater – und allesamt gefürchtet und gehaßt und zur Vernichtung bestimmt.

Auch die sexuelle Komponente ist vorhanden. Ein frigides Flittchen, das sich an das Symbol des Feuers klammert. Das Feuer vernichtet die Leidenschaft und den Mann, der sie erwecken kann. Feuer läutert und schützt gleichzeitig. Ganz klar.«

»Nichts ist klar«, sagte ich. »Sie war eine Hexe.«

Ich erzählte ihm die Vorgeschichte des Abends in meiner Wohnung, und dann sprach ich auch von Margery und meinen Träumen.

»Zumindest haben Sie einen Grund zur Dankbarkeit, Phil«, sagte er. »Diese Träume sind jetzt vorbei.«

»Das stimmt«, antwortete ich.

Schwarm hatte recht behalten. Seit damals habe ich nie mehr von Margery geträumt.

Dafür habe ich jetzt einen anderen Traum. Er überfällt mich jedesmal, wenn ich schlafen gehe, ohne betrunken zu sein.

Ich weiß, daß es nur ein Traum ist, aber das hilft mir nicht. Mir wird ständig heißer und heißer; ich spüre, wie mir die Hitze ins Gesicht schlägt. Und dann sehe ich auf und sehe dieses *andere* Gesicht. Ich sehe Dianas Gesicht in den Flammen. Und ich höre sie aufschreien.

Dann wache ich auf und lange nach einer Zigarette; aber ich zünde sie nicht an. Lange Zeit bleibe ich so zitternd liegen; ich möchte gerne rauchen, aber ich wage es nicht. Denn wo Rauch ist, da ist auch ein Feuer.

Und ich habe Angst vor dem Feuer.

Jedenfalls hatte ich immer Angst davor. Gott weiß, daß ich allen Grund dazu habe; und diese Träume verschlimmern meine Ängste noch.

Seit kurzem aber stelle ich gewisse Überlegungen an. Schwarm würde sagen, daß man eine krankhafte Angst nur dadurch überwinden kann, daß man sich mit ihr auseinandersetzt. Das kann man aber auch anders ausdrücken.

Feuer muß man mit Feuer bekämpfen.

Nicht, daß ich im Ernst so etwas tun würde; das ist doch klar. Aber es geht mir halt im Kopf herum. Angenommen, ich könnte mich an das Feuer gewöhnen? Damit ich mich nicht mehr davor fürchten müßte?

Natürlich rede ich nicht von Brandstiftung oder Feuersbrünsten. Es käme mir nie in den Sinn, jemanden zu verletzen, jemanden, der mir noch nie etwas getan hat.

Aber wenn ich ein bißchen experimentieren würde, nur um zu sehen, was ich dabei empfinde, vielleicht unten im Keller, wo es niemand merkt? Da wäre doch nichts dabei. Ich könnte ein paar Eimer Wasser bereitstellen und das Feuer löschen, bevor es so richtig losgeht.

Ich bilde mir ein, daß ich mich nicht vor dem Feuer selbst fürchte, sondern nur vor allem, was mir im Zusammenhang mit dem Feuer passiert ist.

Feuer. Das ist doch nichts, wovor man Angst haben muß. Nicht, wenn man es unter Kontrolle hat. Das nämlich ist meiner Meinung nach des Rätsels Lösung. Man muß das Feuer unter *Kontrolle* haben. Wer nämlich das Feuer beherrscht, beherrscht alles. Feuer ist Leben und Tod; deshalb ist es ja so reizvoll, in die Flammen zu sehen. Zuzusehen, wie es brennt. Und lebt.

Wenn ich einen oder zwei Versuche anstelle, verschwinden die Träume vielleicht. Völlig harmlose Versuche. Ich werde bestimmt sehr vorsichtig sein. Und wenn ich dadurch meine Träume loswerde, dann bin ich schon zufrieden.

Vermutlich ist das der wahre Grund, weshalb ich mir die Mühe gemacht habe, das alles so genau aufzuschreiben. Damit die Menschen einsehen, was ich tue und warum ich es tue. Und dann wird es auch kein dummes Gerede über Pyromanie geben. Denn meine Überlegungen sind doch ganz vernünftig, oder? Mir kann keiner nachsagen, daß ich den Unterschied zwischen Träumen und Wirklichkeit nicht kenne! Wer logisch denken kann, wird sich über diesen Unterschied immer im klaren sein. Man lebt und lernt. Man lebt. Und brennt.

In letzter Zeit muß ich immer öfter an dieses Wortbild denken. Immer, wenn ich am wenigsten darauf vorbereitet bin. Wie eine Stimme. Aber es ist natürlich keine Stimme. Das weiß ich ja, verstehen Sie? Ich kenne doch den Unterschied zwischen Träumen und der Wirklichkeit. Und mit dieser Wirklichkeit will ich die Träume bekämpfen.

Vielleicht heute abend schon.

Jim Thompson im Diogenes Verlag

Der Mörder in mir

Roman. Aus dem Amerikanischen von
Ute Tanner und Ulrike Wasel

Lou Ford scheint ein sympathischer, menschenfreundlicher Deputy Sheriff zu sein. Ein Bulle mit Herz – denken die kleinen Ganoven in Central City. Die meisten wissen allerdings nichts von seinem furchtbaren Geheimnis: einem traumatischen Erlebnis aus früheren Zeiten, das ihn unberechenbar macht. Ein *underground*-Klassiker, durch den der Name Jim Thompson einst identisch wurde mit dem *roman noir.*

Verfilmt mit Stacey Keach als Lou Ford.

»Seine besten Geschichten gehen weit über das Genre hinaus, nicht nur weil sie vom Mord erzählen aus der Perspektive der Täter, sondern weil diese Täter sich zu ihren Taten eine ganze Philosophie erfinden, eine Theologie des Mordes und die Moral dazu.«
Annette Meyhöfer/Der Spiegel, Hamburg

Gefährliche Stadt

Roman. Deutsch von
Ute Tanner und Werner Rehbein

Als David ›Bugs‹ McKenna von Mike Hanlon, einem verkrüppelten Millionär, als Hoteldetektiv eingestellt wird, hofft er, seine dunkle Vergangenheit hinter sich lassen zu können. Aber der Tod des Buchhalters und das Verschwinden von fünftausend Dollar bringen ihn ganz schön ins Schwitzen.

»Thompsons obsessive Finsternisse sind alles andere als einfach herbeifabuliert, um aufzufallen; sie sind wütende Reflexe eigener Erfahrungen.«
Wolfram Knorr/Die Weltwoche, Zürich

Getaway

Roman. Deutsch von
Günther Panske und Klaus Timmermann

Der Bankraub war ein Spaziergang. Alles hatte so geklappt, wie Doc McCoy es geplant hatte: Sie hatten sich fast 300 000 Dollar geschnappt, und niemand hatte sie verfolgt. Aber dann fingen die Probleme an. Denn die Flucht war alles andere als ein Spaziergang: ein Verbrecherpärchen will der Verfolgung durch die amerikanische Polizei quer durch die Staaten und über die Grenze nach Mexiko entkommen.

Verfilmt von Action-Spezialist Sam Peckinpah mit Steve McQueen in der Hauptrolle.

Zwölfhundertachtzig schwarze Seelen

Roman. Deutsch von E. R. von Schwarze und Andre Simonoviescz
Mit einem Nachwort von Wolfram Knorr

Zwölfhundertachtzig schwarze Seelen zählt das gottverlassene Pottsville im amerikanischen Süden. Ein ödes und schmutziges Kaff. Was nicht zuletzt dem Sheriff zu verdanken ist, der ein Regime von Grausamkeit, Lynchjustiz und Erpressung errichtet hat.

»Mein liebster Krimi-Autor – oft kopiert, nie erreicht – ist Jim Thompson.« *Stephen King*

After Dark, My Sweet

Roman. Deutsch und mit einem Nachwort
von Andre Simonoviescz

Gleißendes Licht, Hitze, Highways ohne Ende. Vor dieser Kulisse treffen Fay, die spröde Schönheit, und Kid Collins, der attraktive, aber kaputte Preisboxer, aufeinander. Eine leidenschaftliche Liaison beginnt… Doch Fay treibt ein falsches Spiel. Sie nimmt Collie aus purer Berechnung in ihrem Haus auf. Er soll ihr und Onkel Bud, einem ehemaligen Polizisten, bei einer spektakulären Kindesentführung helfen. Aus

Zuneigung zu Fay läßt sich Collie auf die Sache ein. Eine Katastrophe bahnt sich an…

Verfilmt von James Foley mit Jason Patric und Rachel Ward.

Eine klasse Frau

Roman. Deutsch von Andre Simonoviescz

Das Manton scheint ein Hotel von gutem Ruf zu sein. Dusty Rhodes scheint ein selbstloser junger Mann zu sein, der als Nachtportier dort arbeitet. Die Frau in 1004 sieht wie ein verarmter Engel aus. Aber manchmal täuscht der Schein – wie Jim Thompson in diesem grotesken Kriminalroman beweist, in dem der Autor eine raffinierte, niederträchtige Erpressung mit der Geschichte ödipaler Verstrickungen verbindet.

»Wenn Raymond Chandler, Dashiell Hammett und Cornell Woolrich sich zusammengetan und einen literarischen Nachfolger gezeugt hätten, müßte er Jim Thompson heißen.« *Washington Post*

Revanche

Roman. Deutsch von Andre Simonoviescz

Pat Cosgrove hat als Jugendlicher mal einen Fehler begangen – er hat eine Bank ausgeraubt. Fünfzehn Jahre später sitzt Pat immer noch im Zuchthaus Sandstone. Gäbe es nicht den hilfsbereiten Dr. Luther, müßte er den Rest seines Lebens hinter Gittern verbringen. Doch nach seiner Entlassung entdeckt Pat, daß sich hinter Luthers Hilfsbereitschaft noch ein anderes Motiv verbirgt.

»Wie die Filme Clint Eastwoods sind die Romane Jim Thompsons solche für Rednecks, Lastwagenfahrer, Versager, Psychopathen und Professoren. Er ist einer der größten amerikanischen Autoren und gewiß der, der uns am meisten erschreckt. Thompson steht mit dem Teufel auf du und du.« *The New Republic*

Muttersöhnchen

Roman. Deutsch von Andre Simonoviescz

Roy Dillon ist ein kleiner Trickbetrüger mit großen Problemen. Die drei Frauen in seinem Leben wollen ihn alle für sich haben: Carol, die junge Krankenschwester, möchte von ihm geheiratet werden, Moira will in erster Linie, daß er beruflich vorwärtskommt, während seine Mutter Lilly ihn zum Aussteigen aus dem Milieu ermuntert. Doch als Roy schließlich einen ruhigen Bürojob gefunden hat, verwandelt sich der kalte Krieg zwischen Lilly und Moira in eine mörderische Auseinandersetzung. Roy muß sich entscheiden…

»Einer der drei Säulenheiligen des rabenschwarzen Thrillers.« *Wolfram Knorr / Die Weltwoche, Zürich*

Von Stephen Frears mit Anjelica Huston unter dem Titel *The Grifters* verfilmt!

Kill-off

Roman. Deutsch von Andre Simonoviescz

Manduwoc ist ein heruntergekommenes Seebad, das einmal bessere Zeiten gesehen hat. Das gilt auch für Luane Devore, die als junge Schönheit zur Hautevolee zählte. Aber das ist schon lange her; seit Jahren vergiftet die über Sechzigjährige durch bösartige Gerüchte das Klima der Kleinstadt. Die Kandidatenliste derer, die ihr den Tod wünschen, ist lang: Da ist zum Beispiel ihr Ehemann Ralph, zwanzig Jahre jünger, der sich in eine hübsche Sängerin verliebt hat. Oder Staatsanwalt Williams, dessen Schwester ein Baby von ihrem Bruder erwartet.

»Ein mörderisch phantasievoller Krimi-Autor, ein packender Erzähler! Jim Thompson ist gewalttätiger, unmoralischer, lakonischer und schneller, als James M. Cain es je war. Ein klassischer amerikanischer Schriftsteller.« *Kirkus Review, New York*

Patricia Highsmith im Diogenes Verlag

»Die Highsmithschen Helden, gewöhnt an die pflaumenweiche Perfidie und hämisch-sanfte Tücke des Mittelstandsbürgertums, trainiert aufs harmlose Lügen und Verstellen, begehen Morde so, als wollten sie mal wieder Ordnung in ihre unordentlich gewordene Wohnung bringen. Da gibt es keine moralischen Skrupel, die bremsend eingreifen, da herrscht nur die Logik des Faktischen. Meist sind es Paare, enttäuschte Liebhaber, Beziehungen, die in der Sprachlosigkeit gestrandet sind, sich nur noch mittels Mißverständnissen einigermaßen arrangieren, ehe das scheinbar funktionierende Getriebe einen irreparablen Defekt bekommt. Diese ganz normalen Konstellationen sind es, übertragbar auf alle Gesellschaften, die die Autoren und Filmer im deutschsprachigen Kulturraum so faszinieren. Denn Patricia Highsmith findet für ihre seelischen Offenbarungseide immer die schauerlichsten, alptraumhaftesten Rahmen, die ihren ›Beziehungskisten‹ den rechten Furor geben.
Die Highsmith-Thriller sind groteske, aber präzise Befunde unserer modernen bürgerlichen Gesellschaft, die an Seelenasthma leidet.«
Wolfram Knorr/Die Weltwoche, Zürich

Der talentierte Mr. Ripley
Roman. Aus dem Amerikanischen von Barbara Bortfeldt

Ripley Under Ground
Roman. Deutsch von Anne Uhde

Ripley's Game
oder Ein amerikanischer Freund
Roman. Deutsch von Anne Uhde

Der Junge, der Ripley folgte
Roman. Deutsch von Anne Uhde

Ripley Under Water
Roman. Deutsch von Otto Bayer

Venedig kann sehr kalt sein
Roman. Deutsch von Anne Uhde

Das Zittern des Fälschers
Roman. Deutsch von Anne Uhde

Lösegeld für einen Hund
Roman. Deutsch von Anne Uhde

Der Stümper
Roman. Deutsch von Barbara Bortfeldt

Zwei Fremde im Zug
Roman. Deutsch von Anne Uhde

Der Geschichtenerzähler
Roman. Deutsch von Anne Uhde

Der süße Wahn
Roman. Deutsch von Christian Spiel

Die zwei Gesichter des Januars
Roman. Deutsch von Anne Uhde

Kleine Geschichten für Weiberfeinde
Eine weibliche Typenlehre in siebzehn Beispielen. Deutsch von Walter E. Richartz. Zeichnungen von Roland Topor

Kleine Mordgeschichten für Tierfreunde
Deutsch von Anne Uhde

Der Schrei der Eule
Roman. Deutsch von Gisela Stege

Tiefe Wasser
Roman. Deutsch von Eva Gärtner und Anne Uhde

Die gläserne Zelle
Roman. Deutsch von Gisela Stege und Anne Uhde

Ediths Tagebuch
Roman. Deutsch von Anne Uhde

Der Schneckenforscher
Elf Geschichten. Deutsch von Anne Uhde. Mit einem Vorwort von Graham Greene

Leise, leise im Wind
Zwölf Geschichten
Deutsch von Anne Uhde

Ein Spiel für die Lebenden
Roman. Deutsch von Anne Uhde

Keiner von uns
Elf Geschichten
Deutsch von Anne Uhde

Leute, die an die Tür klopfen
Roman. Deutsch von Anne Uhde

Nixen auf dem Golfplatz
Erzählungen. Deutsch von Anne Uhde

Suspense
oder Wie man einen Thriller schreibt. Deutsch von Anne Uhde

Elsie's Lebenslust
Roman. Deutsch von Otto Bayer

Geschichten von natürlichen und unnatürlichen Katastrophen
Deutsch von Otto Bayer

Meistererzählungen
Deutsch von Anne Uhde, Walter E. Richartz und Wulf Teichmann

Carol
Roman einer ungewöhnlichen Liebe. Deutsch von Kyra Stromberg

Über Patricia Highsmith
Zeugnisse von Graham Greene bis Peter Handke. Mit Bibliographie, Filmographie und zahlreichen Fotos. Herausgegeben von Franz Cavigelli und Fritz Senn

Jack Ritchie im Diogenes Verlag

»Eine Lektüre für Leser, die auch an sehr schwarzem Humor und überraschenden Effekten Genuß finden – beispielsweise Freunde der ARD-Krimistunde.«
Das Neue Buch, München

»Jack Ritchie ist einer der originellsten Kriminalschriftsteller und gleichzeitig der am knappsten schreibende.« *Anthony Boucher/The New York Times*

»An seinen Erzählungen fasziniert die Raffinesse des Vorgehens. Das Blut fließt relativ sparsam, die Fäuste fliegen nicht, es gibt keine Auto-Verfolgungsjagden. Ritchies Täter arbeiten mit dem Kopf, sie denken leise, ihnen ist kein Winkelzug unbekannt; aber auch jene, die sie zu Fall bringen, sind mit allen Wassern gewaschen. So entsteht eine Spannung, die der beim Schach ähnlich ist. Schwarzer Humor, Ironie und Intellekt sind die Substanzen, aus denen der Autor seine süffigen Geschichten braut.«
Walter Gallasch/Nürnberger Nachrichten

Der Mitternachtswürger
Geschichten. Aus dem Amerikanischen
von Alfred Probst

Für alle ungezogenen Leute
Geschichten. Deutsch von
Dorothee Asendorf

Gedächtnis ade
Geschichten. Deutsch von Elfriede Riegler
und Dorothee Asendorf

Bei Anruf Alibi
Geschichten. Deutsch von Jobst-
Christian Rojahn

Vor Redaktionsschluß Mord
Geschichten. Deutsch von
Monika Elwenspoek